편의점 30년째

편의점 30년째

휴일 없이 26만 2800시간 동안 영업 중

니시나 요시노 지음
김미형 옮김

엘리

일러두기

- 원주는 각 글의 마지막에 배치했다.
- 옮긴이 주는 작은 괄호 안에 '옮긴이'를 별도로 표기했다.

프롤로그

오늘로 1057일 연속 근무

휴일[1] 없이 일한 지 오늘로 1057일째. 3년 가까이 하루도 쉬지 않았다는 계산이 나온다.

근처에 편의점이 우후죽순 난립[2]하면서 우리 가게의 매출도 급격히 줄었다. 손님으로만 쟁탈전을 벌이는 게 아니라 이젠 알바생까지 두고 싸워야 하는 지경이라, 시급을 올린들 지원자는 전무하다. 인력도 부족하고 인건비도 줄여야 해서 점주인 우리 부부는 쉴 수조차 없다.

벌써 3년째 안 쉬는 게 당연[3]해지다보니, 새벽에 출근하고 점심 때쯤 집에 들어오는 날에는 이래도 되나 죄책감마저 들고, 잠시 여유가 생겨 30분 정도 서점에 들를 수 있을 때는 휴일을 만끽한 기분에 젖는다. 그래도 편의점의 24시간 영업이 사회 이슈가 되고 나서 고생 많다며 위로를 건네는 단골도 있어 정신적으로는 훨씬 편해졌다.

반년 전, 우리 가게에서 300미터 떨어진 곳에 편의점 업계 1등인 S사 매장이 새로 들어섰다.

한 단골이 "우리집에서 S까지 걸어서 1분이거든. 남편이 맥주를 사 오라는데 얼른 갔다 오겠다고 했더니 꼭 동네 가게에서 사 오래. 그래서 여기까지 자전거 타고 왔잖아" 하고 말하며 활짝 웃었다. 눈물이 날 만큼 고맙다.

우리 가게는 편의점 대표 기업 3사 중 하나인 '패밀리하트'(가칭)와 프랜차이즈 계약을 맺은 관동 지방 T현에 있는 교외 매장이다. 가게 앞으로 교통량이 많은 국도가 뻗어 있어 이 도로를 오가는 통행객들과 이 지역 주민들이 주로 이용한다. 나는 지금도 현역 점주인지라 지점명을 정확히 밝힐 수 없다.

이 지역에 편의점을 차린 지 30년. 어느새 동네 사람들은 우리 편의점을 '동네 가게'라고 부른다. 지역 사회에서 자원봉사 활동을 꽤 열심히 해왔고 무엇보다 매일 가게에 나와 동네 사람들을 만나다보니 '동네 가게'로 인증받게 된 것이리라.

30년 전 남편과 둘이서 막 편의점을 시작했을 때는 이런 손님들을 만나며 극심한 인간 불신에 빠졌다.

- 계산하는 손님이 길고양이에게 먹이라도 주듯 동전을 던진다.
- "도시락을 데울까요?" 하고 물으면 전자레인지를 턱으로 가리킨다. ("데워"라는 뜻인가 보다.)
- 전화를 받았더니 다짜고짜 "영수증 보니까 스파게티 값이 하나 더 들어가 있잖아. 지금 당장 돈 챙겨서 집까지 사과하러 와!"

……힘들었던 일들을 열거하려면 한도 끝도 없다.[4] 여태껏 살아오면서 한 번도 경험해본 적 없는 일들이었다. 평소 웃는 얼굴로 교류하는 지인과 친구들까지도 어쩌면 뒤에서는 다들 이런 태도로 사람을 대할지 모른다는 의심이 생길 정도였다.

하지만 30년이라는 세월은 나를 극적으로 변화시키기도 했다. 이제는 편의점 일을 이해하고 즐기면서 수완 좋게 처리할 수 있다. 사람을 좋아하게 되었고 옷이나 차림새와 같은 겉모습으로만 사람을 판단할 수 없다는 사실도 잘 알게 되었다. 눈썹을 밀고 어깨에서 팔까지 문신을 가득 새긴 남자와 농담을 주고받을 수도 있다. 30년 전의 나라면 상상도 못할 일이다.

요즘 사람들이 먹는 것, 읽는 것, 유행하는 것, 그 모든 것들이 편의점에 갖춰져 있다. 계산대에 서서 편의점의 변화를 지켜보고 있으면, 시대의 움직임이 속속들이 눈에 들어온다. 그리고 사람들의 사고방식이나 생각의 변화까지 훤히 보인다. 편의점은 일본 사회의 축소판이다.

이 책에는 내가 편의점 점주로 30년을 살면서 실제로 겪은 일들[5]에 대해 썼다.

편의점이라는 장소를 통해 관찰한 인간 군상과 사회의 변화, 그리고 점주로 일하며 느낀 희로애락까지…… 편의점의 뒤편에서 벌어지는 이야기들에 귀 기울여주시길 바란다.

1 **휴일**
마지막 휴일이 2020년 8월이었다. 지병인 류머티스(나중에 자세히 쓰겠다)가 악화되어 이틀 동안 자리에 누워 있었다.

2 **우후죽순 난립**
일본 프렌차이즈체인협회가 발표한 데이터에 따르면 일본 내 편의점 전체 매장 수는 5만 7544점(2021년도). 주요 편의점 체인으로, 세븐일레븐 2만 1238점, 패밀리하트 1만 6517점, 로손 1만 4601점(2023년 3월)이며 그 외에 미니스톱, 세이코마트, 데일리야마자키, NewDays가 뒤를 잇는다.

3 **안 쉬는 게 당연**
편의점 사장의 주당 평균 업무 일수는 6.3일, 연간 평균 휴일 일수는 21.3일(한 달에 1.8일), 주당 평균 업무 시간 44.4시간, 연간 평균 심야 근무 일수 84.7일(한 달에 7.1일)이다. (공정거래위원회 『편의점 본사와 가맹점의 거래 등에 관한 실태 조사 보고서』[2020년 9월] 인용)

4 **열거하려면 한도 끝도 없다**
30년 전 막 개점했을 무렵에는 '편의점 점원'을 깔보는 사람들이 상당히 많았다. 그 후 미디어에서 편의점을 특집으로 다루어 방송하면서 편의점의 애로 사항이 알려진 탓인지 갑질하는 손님들이 상당히 줄어들었다. 내 개인적인 느낌으로는 노년층 손님보다 청년층 손님의 태도가 더 정중하고 예의 바른 경향을 보인다.

5 **실제로 겪은 일들**
에피소드는 모두 내가 실제로 겪은 일들이지만, 편의점에 따라, 점포에 따라 사정이 다를 수 있다. 그리고 등장인물의 이름은 모두 가명이며, 개인을 특정할 수 없도록 일부를 바꾸거나 각색한 점이 있음을 양해 바란다.

차례

2장 편의점 점주, 시작했습니다

3장 손님이 뭐길래?

4장 좀더 애써보겠습니다

1장

편의점 경영의 최전선에서

여름의 고충

어둡고 축축한 곳에서 태어나

세간에 그리 알려지지 않은 사실이지만 모두들 알아두었으면 하는 게 있다. 탄산음료가 들어 있던 페트병이 얼마나 위험한지에 대한 이야기다.

편의점에서는 손님이 다 마신 페트병을 회수[1]한다. 페트병 회수 차량은 페트병 뚜껑이 닫혀 있으면 가져가지 않기 때문에 뚜껑을 일일이 분리하는 작업은 매장의 몫이다. 무지막지하게 손도 많이 가고 까다로운 작업이다.

한여름 한창 더운 시기에는 놀랄 만한 속도로 페트병이 쌓이면서 눈 깜짝할 새에 쓰레기통이 꽉 차고 만다. 좁은 가게 안에서는 페트병 뚜껑을 분리할 만한 공간을 확보하기 힘들다. 그러니 밖으로 나가 땡볕이 쏟아지는 주차장 구석에서 작업할 수밖에 없다. 대량의 페트병 중 70퍼센트 정도는 뚜껑이 꽉 닫혀 있다. 음료가 남아 있는 페트병은 뚜껑을 열고 안의 내용물을 버려야 한다. 뚜껑이 분리된 페트병을 바로 처리하는 것보다 3~5배는 시간이 더 걸린다. 심지어 그중에는 담배꽁초로 꽉 찬 것들도 있어, 페트병을 흔들어 담배꽁초를 하나하나 빼낸 뒤 내부까지 깨끗이 씻어야 한다.

여기서 모두가 꼭 알아주었으면 하는 게 있는데, 탄산음료가 들어 있던 페트병의 뚜껑을 여는 것만큼 위험한 작업이 또 없다.

폭염이 한창일 때 바깥 쓰레기통[2]에 버려진 페트병 내부는 남아 있던 탄산음료가 발효되면서 폭발 임계점에 다다른 상태다. 살짝 뚜껑을 돌리면 우선 '슈웃!' 소리와 함께 불길한 손맛이 느껴지고 바로 다음 순간 '피융!' 하고 생각지도 못한 방향으로 뚜껑이 튀어나간다. 눈알에 부딪치는 날에는 실명할지도 모를 만큼의 위력이다.

그래서 우리는 땡볕에 익어가면서도 우선 버려진 페트병이 탄산음료용인지 아닌지를 식별하고, 탄산음료 페트병이면 두려움에 떨며 병 입구를 아무도 없는 방향으로 돌린 다음 얼굴을 멀찌감치 뗀 후 공기를 살살 빼면서 뚜껑을 연다. 그러다보면 그냥 뚜껑을 분리하는 것보다 5~10배의 시간과 노력이 든다.

그렇게 온 신경을 기울이는데도 공기가 살짝 빠져나갈까 말까 하는 단계에서 '펵!' 하고 뚜껑이 튀어나갈 때도 있다. 시간과 노력이 들 뿐 아니라 위험하기까지 하다.

이에 대한 대책으로 페트병 쓰레기통 바로 옆에 전용 뚜껑 회수 박스를 설치했다. 패밀리하트 전용 사양이 없어서 DIY 스토어를 뒤지고 다니며 구입한 것이다. 그리고 쓰레기통 투입구에 내가 직접 그린 그림과 "뚜껑을 분리해서 버려주세요"라는 문구를 써 붙였다.

하지만 효과는 없었다. 지금도 대부분의 페트병이 뚜껑이 닫힌 채 버려지고 있다.

페트병의 음료를 다 마신 다음, 왠지 찜찜한 기분에 뚜껑을 꼭 잠그려는 그 기분은 이해가 간다. 하지만 그로 인해 노동력이 몇 배로 드는 것은 말할 것도 없고 신변의 위협까지 느낀다.

음료를 다 마신 후 페트병 뚜껑을 다시 잠그는 배려는 필요 없습니다. 제발 뚜껑을 닫지 말고 그대로 버려주세요.

여름의 고충 하면 또 떠오르는 게 장마철 전후로 시작되는 벌레들의 침공이다.

교외 도로변에 있는 우리 가게에는 우선 깔따구 떼[3]가 몰려든다. 밤에 문이 열리면, 손님의 머리 위로 수백 마리의 깔따구가 기둥처럼 떼를 지어 들어온다.

이 깔따구들이 또 무척 청소하기 힘든 데로 가서 죽는다. 디저트 케이스의 예쁜 디저트 위, 반찬 케이스의 좁은 틈 사이, 에너지 드링크 선반의 깊숙한 곳, 도시락 선반, 아이스크림 케이스…… 매일 하는 일상적인 업무 틈틈이, 그 사체들을 먼지떨이로 털어내고 청소기로 빨아들이고 빗자루로 쓸어낸다. 그것만으로도 일이 두 배로 는다.

내 나름대로 쓸 수 있는 방법은 다 써봤다. 전기충격살충기,[4] 대형선풍기,[5] 모기향, 모기기피제[6]……. 하지만 그 무엇도 효과가 없었다.

어느 날, 나는 마침 과자 선반에 들어간 벌레를 먼지떨이로 털고 있었다.

알바생이 두려움에 떠는 표정으로 다가와 "매니저님, 손님께서……"라고 말을 꺼냈다. 그녀의 뒤쪽에 30대 중반 여자 손님이 얼굴을 구긴 채 서 있었다.

나를 보자 알바생을 어깨로 밀치고 끼어들더니, "이거

요!" 하고 내 눈앞에 껌 상자를 내밀었다. 보통 아이들이 10엔짜리 동전을 고사리손에 쥐고 와서 한 개씩 사는 상품인데, 이걸 상자째로 구입해 이른바 '어른의 소비'를 하는 손님도 있다. 그 손님도 그런 손님 중 하나였다.

내용물을 조금 꺼내 바닥이 보이는 상태로 내민 그 상자에는 깔따구들의 사체로 꽉 차 있었다.

나는 너무 충격을 받은 나머지 도무지 갈피를 잡을 수 없는 말들을 쏟아냈다. 왜냐하면 그 상자는 전날 낮에 내 손으로 뒤집어서 벌레 사체들을 깨끗이 털어낸 상자였기 때문이다. 전날 낮이면 겨우 하루가 지났을 뿐이다. 그사이에 이렇게나 많이 들어가다니…….

"반품[7]할 테니까 돈 돌려줘요! 이런 더러운 가게에서 다시는 물건을 사나 봐라!"

방충망이 제구실을 하는 현대식 주택에 사는 사람에게 일 년 내내 문이 열려 있는 편의점 사정을 이해해달라는 것 자체가 무리일 테지만, 머리를 숙이고 사과하면서도 나는 울고 싶었다.

장마철이 시작되면서 축축하고 더운 밤에는 검정날개버섯파리가 대량으로 발생한다. 깔따구와 마찬가지로 해를 끼치지는 않지만 그보다 훨씬 큰 데다가 검고, 사람들에게 더 잘 달라붙는다. 깔따구보다 더 귀찮은 점이 있다면 내리쳤을 때 '철퍽' 하고 흰 체액을 쏟아내며 죽는다는 거다.

이것들이 통로에 진을 치고 있다. 새하얀 바닥이 검게 변한다. 비유가 아니다. 정말로 새까맣게 변한다. 빗자루로 쓸고 대걸레로 밀고 청소기로 빨아들인들 한도 끝도 없다. 마치 의자 뺏기 게임을 할 때 빈 의자에 쓱 하고 엉덩이를 밀어넣듯이 공중을 떠돌던 검정날개버섯파리가 바닥을 닦자마자 그 자리에 날아 앉는다. 5분이면 도로아미타불이고, 내리치면 바닥에 흰 점액이 끈적하게 들러붙는다. 한숨만 나올 뿐이다. 하아…….

"너희들은 어둡고 축축한 데서 태어났잖아. 그럼 그냥 평생 그런 데 처박혀 있을 일이지, 왜 이런 밝고 산뜻한 곳까지 나오는 거야?"

그렇게 투덜대봐야 들어줄 리 만무하다. 땀범벅이 된 채 그 잔해들을 대걸레로 닦을 수밖에.[8] 그래, 어둡고 축축한 데서 태어났으면 적어도 죽을 때 정도는 햇빛을 보고 싶은 게 당연한 일일지도 모르겠다.

1 페트병을 회수

페트병을 포함해 쓰레기는 전문업자가 회수한다. 우리 가게에서는 회수비만 한 달에 3만 엔 정도가 든다(2023년 기준). 쓰레기 분리수거를 하는 시간까지 계산한다면 쓰레기통을 설치한 매장의 부담이 상당하다. 그 때문인지 요즘에는 쓰레기통을 설치하지 않는 매장이 늘어났다. 며칠 전, 손님이 "이렇게 큰 쓰레기통을 내놓는 편의점, 이 주변에 여기뿐이야"라고 말했다.

2 바깥 쓰레기통

비닐봉지 한가득 채워온 페트병을 우리 가게 쓰레기통에 버리는 사람이 있었다. 내용물이 남아 있는 것도 눈에 띄어 "내용물은 버린 다음 뚜껑을 열고 버려주세요" 하고 주의를 주었다. 그 사람은 표정을 일그러뜨리더니 가게에 들어와 페트병 녹차를 하나 사고 나서, "난 손님이야! 손님한테 무슨 버르장머리 없는 말투야?" 하고 호통을 쳤다.

3 깔따구 떼

기둥처럼 떼 지어 있는 벌레 떼들은 모두 수컷뿐이며, 암컷과 짝을 짓지 못한 것만 '죽을 자리'를 찾아 가게 안으로 들어온다고 한다. 그 얘기를 듣고 미워해야 할 그 존재가 조금은 가엽게 느껴졌다.

4 전기충격살충기

벌레를 끌어들여 지지직 하고 태워 죽인다. 검게 탄 사체가 살충기 아래에 우수수 떨어진다.

5 대형선풍기

가게 입구에 설치해 들어오려는 해충을 날려버린다. 다만 가게에 들어오는 손님 머리카락까지 벌레와 뒤섞어 날려보낸다는 문제가 있다.

6 모기기피제

입구에 매달아봤지만 효과를 전혀 느낄 수 없었다. 한동안 그대로 두면서도 부적 정도로만 여겼다. 입구가 넓고 크며 조명을 휘황하게 켜놓은 매장에서 그렇다는 것이지, 일반 가정집에서 효과가 있는지는 알 수 없다.

7 반품

이번 경우는 손님이 매장을 상대로 하는 반품이다. 매장이 기업에 반품하는 경우도 있다. 삼각김밥에 상표가 붙어 있지 않거나 디저트 용기가 파손되었거나 담배 상자가 찌부러졌거나 등등. 옛날에는 '반품 전표'라는 게 있어서 무엇이 몇 개, 어떤 상태인지 일일이 써넣고 전표를 첨부해야 했던 탓에 불편했다. 지금은 상당히 간소화되어 검품할 때 쓰는 기계로 바코드를 찍고 반품 이유 '파손'을 선택해 전송하면 끝이다.

8 대걸레로 닦을 수밖에

대걸레와 빗자루는 아무래도 교체할 수밖에 없지만, 가게에서 쓰는 양동이는 오픈 당시부터 쓰던 30년 된 물건이다. "이 양동이는 개점했을 때부터 쓰고 있어"라고 막 들어온 알바생에게 얘기했더니 그는 "제가 태어나기 전부터 일하던 까마득한 고참 선배로군요!" 하고 진지한 얼굴로 양동이에 고개를 숙여 인사했다.

연중무휴
장례식에 참석할 때의 예의범절

편의점의 심야 영업을 규제해야 한다는 목소리가 높아지고 있다. 심야 영업을 규제하는 것이 지구 온난화를 늦추고 청소년 비행을 예방할 수 있기 때문이라고 한다. 지구 온난화의 대책이 되는지는 모르겠지만, 후자에 대해서는 우리 가게가 이 지역 사회의 방범에 큰 역할을 한다는 자부심을 갖고 있다. '비행 발생의 원인'이라고 비난받았던 시대에서 '열려 있어 안심'이라고 든든하게 여겨주는 시대가 된 데에는 편의점 점주들의 노력이 빛을 보았기 때문이라고 생각한다.

그럼에도 불구하고 큰 소리로 외치고 싶다. "편의점 심야 영업을 규제하라"고. 밤 1시에 문을 닫고 새벽 5시에 열어도 좋다. 적어도 심야 몇 시간만이라도, 안심하고 잘 수 있었으면 좋겠다. 이게 내 본심이다.

이 나이가 되어서야 새삼스럽게 편의점 경영이 정신 나간 짓거리라는 생각이 든다. 1년 365일, 하루 24시간, 결혼식이 있든 장례식이 있든, 이유 불문하고 문을 열어야 한다. 설령 그 가게가 한 개인이 운영하는 작은 곳이라 할지라도.

아들이 어렸을 때는 1년에 한 번쯤 1박으로 여행을 갈 수 있었다. 알바생들에게 하루만 정산 업무를 맡기고 디즈니랜드나 유니버설 스튜디오, 시마 스페인무라(일본 미에현 시마시에 있는 스페인풍으로 꾸며진 테마파크.—옮긴이) 같은 곳들에 데려갔다.

하지만 1박 2일간 놀러가기로 마음먹었다면, 그 전후로 평소의 두 배에 달하는 업무를 처리해야 한다.

삼각김밥 발주[1] 하나만 해도 평소 같으면 20종류에 이르는 상품을 몇 시간마다 한 번씩 살펴보고 조절하면서 주문한다. 하지만 가게를 비울 땐 그렇게 조절할 수가 없다. 다음날과 다다음날까지 이틀 치를 예측해 발주한다. 도시락이나 샌드위치 역시 아직 팔리지도 않고 배달되지도 않은 단계에서 무작정[2] 몇십 개를 발주하려면, 상당한 용기가 필요하다.

놀고 있는 와중에도 어디에 가든 몇 번씩이나 가게에서 전화[3]가 걸려온다. 아주 오래전, 가족 여행으로 간 디즈니랜드에서 인기 어트랙션인 '캐리비안의 해적'을 타기 위해 줄을 섰을 때, 휴대전화가 울렸다.

"매니저님, 죄송합니다. 선물 세트를 구입하시는 손님께서 노시가미(붉은 리본 모양이 그려진 흰 종이로 선물의 의미나 축하 인사가 적혀 있다. 포장과는 별도로 선물의 가장 바깥에 두른다.—옮긴이)에 이름을 써달라고 하시는데 붓글씨를 잘 쓸 수 있는 사람이 없어서……."

"그럼, 손님께 붓펜을 빌려드리면서 지금 글씨를 잘 쓰는 사람이 없으니 죄송하지만 직접 쓰실 수 있냐고 말씀드려봐."

일단 전화를 끊었지만 방금까지 느꼈던 즐거움은 날아가 버렸고, 알바생이 제대로 응대해줄지 걱정이 앞섰다. 그리고 1분 후.

"도저히 쓸 수 없겠다고 하시는데, 어떻게 할까요?"

"잘 못 써도 괜찮냐고 여쭤보고 그래도 좋다 하시면 네가 정성껏 써드리렴."

그러는 와중에 어트랙션을 탈 차례가 되었지만, 해적선을 타는 동안에도 가게 걱정에 진동으로 설정해둔 핸드폰[4]을 손에 꽉 쥐고 있었다.

친척 중 누군가 결혼이라도 하게 되면 반년 전부터 "이 날은 우리가 없으니까 절대 결근하지 말아줘" 하고 아르바이트하는 여사님과 학생 들한테 부탁해놓고 만일의 경우를 대비해 예비 인원을 확보해둬야 한다.

일정이 미리 예정된 결혼식은 그래도 낫다. 먼저께, 삼촌이 돌아가셨다. 처음 편의점을 시작했을 무렵에 몇 번이나 들르셔서 이것저것 구입해주셨던 고마운 분이다.

남편과 함께 장례식에 참석하려고 했는데 일손이 부족했다. 쉬는 알바생과 여사님 들에게 빠짐없이 전화를 돌려봤지만, 아무래도 다급한 일정이라 다들 올 수 없었다. 어쩔 수 없이 이전에 근무했던 알바생들 중 근처에 사는 사람들에게까지 연락을 넣었다. 세 번째 전화를 걸고 나서야 겨우 사람을 구할 수 있었다.

그렇게 해서 간신히 참석한 장례식이었는데, 화장한 뼈를 줍고 있을 때 핸드폰이 울렸다.

"히비야 군이 안 오는데요."

히비야 군은 우리가 대타로 겨우겨우 구해놓은 예전 알바생[5]이었다. 근무표에는 오후 2시에 히비야 군이 교대로 들어와 그때까지 근무하던 미야케 씨가 퇴근하기로 되어 있었다. 하지만 히비야 군이 오지 않자 퇴근이 늦어진 미야케 씨가 당혹스러워하며 내게 연락한 것이다.

"2시 반까지 아이를 데리러 가야 하는데요……."

간절한 목소리에 마음이 급해진 나는 장례식장에서 빠져나와 남편과 둘이서 지금 바로 도와줄 수 있는 사람을 수배하기 시작했다.

15분 정도 지나 남편이 "한 사람 찾았어!" 하고 소리쳤다. "구사카 씨가 지금 바로 나와주시겠대!"

가슴을 쓸어내린 바로 그때, 주머니에 넣어둔 핸드폰이 울렸다. 가게 전화번호다.

"죄송합니다. 방금 히비야 군이 가게에 나와서 해결됐습니다."

"……."

결국 히비야 군은 예정보다 25분 늦게 나타났다.

지금 서둘러 가게로 출근하는 중인 구사카 씨한테도 시급을 드려야 했다. 조용한 화장터 구석에서 나와 남편은 서로의 얼굴을 마주볼 뿐이었다.

1 발주
오전 10시까지 발주 업무를 마치고 본사에 보내지 않으면 다음날 삼각김밥과 도시락을 비롯해 그 무엇 하나 배달되지 않는다. 1초라도 늦으면 안 되기 때문에 9시 반부터 10시까지 발주 담당인 남편은 온 신경을 곤두세운다. 이 시간에는 함부로 말도 걸 수 없다.

2 무작정
젊었을 때 파친코를 자주 다니던 남편은 '편의점 경영은 하루하루가 도박'이라는 사실을 깨달았다. 그후 '이제 이 이상 운에 맡기는 건 하고 싶지 않아'라며 돈내기 같은 건 깔끔히 끊었다.

3 몇 번씩이나 가게에서 전화
"치킨이 따끈하지 않다고 손님이 엄청 화를 내십니다" 하는 식의 전화가 걸려오는 건 늘 있는 일이라서 아주 익숙해지고 말았다. 일에서 완전히 해방되는 날은 10년마다 계약을 갱신하며 수리 공사에 들어가 가게 문을 닫을 때뿐이다. 그것도 새로 매장을 열 준비로 정신없이 바빠 편안히 쉴 수는 없다.

4 핸드폰
근무표를 관리하는 사람에게는 '공포의 필수품'이다. 몸에서 뗄 수 없고 잘 때는 베갯머리에 둔다. 무엇보다 "○○군이 안 오는데요" 하는 전화는 언제 받아도 모골이 송연해진다. 지각 상습자면 '또 지각이네'라는 생각이 들지만, 지각한 적도 없는 사람이 안 나타나면 혹여나 사고라도 난 건 아닐까 싶어 걱정이 앞선다.

5 예전 알바생
같은 동네에 사는 예전 알바생들은 단골이 되어주기도 하고, 다른 지역에서 살게 된 아이들은 대학 동창회 등에 참석할 때 얼굴을 비친다. 지금 일하는 알바생에게서 "예전 알바생분들이 자주 찾아오네요"라는 말을 들은 적도 있다. 알바생이었던 젊은이들이 부모가 되어 자기 아이를 데리고 같이 찾아올 때의 기쁨은 더욱 각별하다.

크리스마스의 주의 사항
고독이 뼈에 사무칠 때

내가 대학생이었을 때, 여자의 결혼을 크리스마스 케이크에 비유하는 말이 유행했다.

"23까지는 하나둘씩 팔리고, 24에는 한꺼번에 팔리고, 25에는 거의 팔리지 않고, 26이 넘으면 반값에도 재고 신세지."

일종의 야유인데 우리가 '결혼 적령기'였을 땐 꽤 많이 공감했고 피부에 와닿는 말이기도 했다. 실제로 친구 중에는 스물셋밖에 되지 않았을 때, 선을 보라는 부모 말에 따라 대학을 졸업하면서 '평생 직장'에 취직하는 친구도 있었다.

지금 이런 말을 하면 알바생뿐 아니라 40대 여사님조차

"무슨 말이 그래요?" 하고 웃는다. '평생 직장'도 '결혼 적령기'도 이젠 죽은 말이나 다름없다.

가게를 열고 몇십 번째 맞이하는 크리스마스가 올해도 찾아왔다. 23일에는 하나둘씩 팔리던 케이크가 24일이면 정점을 찍는다.

올해, 예약된 홀 케이크는 15개.[1] 24일 오전 2시, 평소 배달편과는 다른 트럭으로 배달된다. 케이크들을 가게로 들여온 다음, 예약된 케이크를 잘못 전달하지 않도록 하나하나 확인하면서 예약표를 붙여둔다. 오전 중에는 아침 10시쯤부터 은행이나 우체국같이 단체 주문을 넣은 곳으로 배달을 간다.

배달이 끝나면 한숨 돌릴 틈도 없이 오후 3시부터 치킨을 튀기기 시작한다. 치킨 판매의 피크는 오후 4시부터 저녁 8시까지인데 미리 튀겨야 동이 나지 않게 채울 수 있다. 이날, 튀김기는 밤 9시까지 풀가동이다. 평소에는 두 사람이 튀기지만 둘만으로는 감당이 안 되는 게 크리스마스이브다. 우리 부부까지 가세해 네 명이 함께 맡는다. "패미치킨(저자가 계약한 편의점 프랜차이즈에서 판매 중인 순살 치킨.—옮긴이) 20개에 프리미엄 치킨 20개 추가요!" 하고 수시로 오더가 들어오고 재고가 떨어지지 않도록 몸과 머리를 쉴 틈

없이 돌린다.

손님이 뜸해지는 밤 9시가 지나면 크리스마스를 축하할 기력 따위는 축 늘어진 흐늘흐늘한 몸에 남아 있지 않다. '폐기'[2] 상품들을 깨작거리다가 끝. 그런 크리스마스를 벌써 몇십 번이나 되풀이해왔다.

크리스마스이브에는 주의해야 할 사항이 있다. 이날만큼은 알바생 근무표를 남녀 페어로 짜서는 안 된다.

몇 년 전, 한창 바쁜 시간이 지난 뒤 한숨 돌리며 남녀 알바생 둘이서 대화를 나누고 있을 때, 마침 혼자 가게에 들어온 젊은 남자 손님이 소리를 질렀다.

"야, 너네, 일은 안 하고 뭔 닭살을 떨고 있어?"

그전에도 크리스마스이브만 되면 손님이 남녀 페어로 일하는 알바생에게 괜한 트집을 잡은 적이 수 차례 있었다.

크리스마스이브, 고독을 달랠 생각으로 맥주나 디저트를 사기 위해 편의점에 왔다가 계산대에서 웃으며 대화하는 남녀를 보고 질투심과 비뚤어진 마음에 불이 붙는 것인지도 모르겠다.

그러니 쓸데없는 위험을 피하기 위해서라도, 이날만은 여자 알바생끼리[3]나 남자 알바생끼리[4] 일하도록 근무표를 짜게 되었다. 그 이후, 이런 식으로 트집잡히는 일은 없어졌다.

크리스마스이브는 1년 중 가장 고독이 사무치는 날인가
보다.

1 홀 케이크는 15개
판매 실적이 가장 좋았을 무렵에는 하루 주문이 160개까지 치솟았던 적이 있다. 요 몇 년 사이, 주문량이 상당히 줄었다. 크리스마스용 조각 케이크와 부쉬드노엘 케이크는 손님에게서 주문을 받은 것 외에도 100개를 더 발주해둔다.

2 폐기
편의점에서는 보통 '상미 기한', '소비 기한' 이외에 '판매 기한'이라는 것이 설정되어 있어, '판매 기한'이 지난 식품은 선반에서 치워 '폐기'한다. 오픈 당시에는 '폐기'된 상품은 먹거나 누군가에게 주어서는 안 된다는 지시를 받았고, 그 지시를 잠깐 따르기는 했지만, 다른 매장에서 먹기도 하고 나눠주기도 한다는 말을 들은 뒤로는 우리가 먹거나 아르바이트하는 여사님이나 학생들에게 나눠주고 있다.

3 여자 알바생끼리
여자 알바생에게는 성희롱의 위험도 도사린다. 잔돈을 건넬 때 손을 붙잡거나 남자 친구가 있냐고 끈질기게 묻는 징그러운 아저씨도 있다. 30대였을 땐 나 또한 그런 피해를 입었고 그때마다 분노로 몸을 떨면서도 사무실로 도망쳤다. 알바하는 동년배 주부가 손을 붙들리자 다른 손으로 손님의 손까지 감싼 다음 "어머, 따뜻하네" 하고 웃으며 살짝 떼어내는 모습을 목격했을 땐 마음속으로 경탄을 금치 못했다.

4 남자 알바생끼리
특정 요일의 야간 근무에 잘생긴 알바생을 배치하자 그의 근무 시간에만 20~30대 여자 손님이 급증한다는 사실을 '고객층 조사 그래프'로 알 수 있었다. 나이든 단골에게서 "야근하는 저애 귀엽게 생겼다" 하는 말을 들은 적이 있어 인기가 많다는 건 알았지만, 숫자로 확실하게 나타나자 무시할 수 없는 외모의 힘에 놀랐다.

한 해의 마지막 날에만 쓸 수 있는 인사

내가 제일 좋아하는 마법

크리스마스가 지나면 바로 섣달그믐이 찾아온다. 아침부터 눈이 날리고 있었다.

아침 7시가 지나 들어온 단골 여자 손님이 계산을 마치더니 이렇게 말했다.

"올 한 해, 도움을 많이 받았잖아요. 그래서 오늘 고맙다는 말을 꼭 하고 싶었어요."

그분에게 딱히 특별한 행동을 한 기억이 없다. 일주일에 대여섯 번, 늘 7시 전후에 와서는 삼각김밥이나 샌드위치 같은 것을 사 간다.

"아니죠, 고맙다는 말은 저희가 해야죠. 늘 와주셔서 감사합니다. 근처에 사시나요?"

"아뇨, 출근하면서 들러요. 집 근처랑 회사 근처에도 편의점이 있긴 한데 여기가 가장 친절하게 응대해주시잖아요. 그래서 전 매일 여기로 와요."

그 말을 듣고 처음으로 거의 2년씩이나 단골이 되어준 그분이 근처에 사는 게 아니라 차로 출근하는 도중에 일부러 들른다는 사실을 알게 되었다.

그 여자 손님과 스쳐지나가듯 검은 점퍼에 청바지, 올백 머리를 한 남자 손님이 바로 들어왔다. 그 역시 거의 매일 얼굴을 비추는 단골이다. 머리카락이 백발에 가까운 것을 보면 70대쯤 됐을까. 온화해 보이는 그 손님과는 항상 한두 마디씩 대화를 나눈다.

"오늘도 일하러 가시나요?" 하고 내가 물으니, "간병인[1]이니까 쉴 수 없지. 섣달그믐이든 신년 연휴[2]든 상관없어. 진짜 질린다니까."

그렇게 말하면서도 싱글벙글 웃고 있었다.

"그래도 휴가는 있으시죠?"

"올해는 1월에도 쉬는 날이 거의 없어서 못 쉬어. 4일까지 계속 일해야 해."

"저도 그래요. 어쩔 수 없으니 우리 서로 힘내요."

나의 말에 그는 그제야 생각이 미친 듯 "그렇지, 편의점도 쉬는 날이 없지. 어쩔 수 없으니 우리 서로 힘내자고"라며 내 말을 그대로 되돌려주었다.

고된 일, 위험한 일, 장시간의 일, 폭염과 혹한 속의 일, 비만 조금 내려도 갑자기 쉬어야 하는 불안정한 일…… 입 다물고 있을 때는 알 수 없었지만, 한두 마디씩 대화를 나누다보니 모두가 각자의 고민과 어려움을 안고 살아간다는 사실을 깨달을 수 있었다. 장시간 휴일 없이 일하는 건 같지만 누군가의 생명을 책임지고 매일 영혼을 갈아 넣어야 하는 간병인에 비하면, 편의점은 그래도 마음 편한 축에 속하는지도 모르겠다.

이날만 할 수 있는, 내가 제일 좋아하는 인사가 있다. 바로 "행복한 새해 보내세요!"다.

외국에서 "메리크리스마스!"[3]라고 인사를 주고받듯이, "행복한 새해 보내세요!"라는 말에는 모든 사람들이 웃는 얼굴로 인사를 돌려준다.

이튿날 새해 아침에는 "새해 복 많이 받으세요"라고 인사하지만, 이건 좀 격식을 차린 말이라서 사이좋은 단골이어야 그 인사말을 되돌려준다. 그에 비해 "행복한 새해 보내세요!"에는 모든 사람을 편안히 웃게 만드는 힘이 있다. 뭔가 고민이 있어 보이는 손님이든 무표정한 손님이든 성질 급한 바쁜 손님이든, 그 말을 들으면 발걸음을 멈추고 뒤돌아 활짝 웃어준다. 내가 가장 좋아하는 마법의 주문이다.

계산대를 뒤로하고 입구를 향하는 손님의 등뒤에다 소리쳤다.

"행복한 새해 보내세요!"

뒤돌아본 손님이 쑥스러운 듯 웃는 얼굴로 한 손을 들어 보였다.

"행복한 새해 보내라고!"

1 간병인
단골 중에는 간병인이 몇 명 있다. 어느 젊은 간병인이 "시설에 있는 분들 대부분은 가족이 새해를 함께 맞이하려고 제야 전에 집으로 모시고 가거든요. 갈 데가 없는 분만 시설에 남아 있어요. 사람이 확 줄어든 만큼 평소보다 어르신들을 더 제대로 모실 수 있어요" 하고 알려주었다.

2 신년 연휴
가게를 오픈했을 무렵엔 새해가 되면 슈퍼마켓과 백화점, 식당이 사흘 정도는 일제히 다 문을 닫았다. 우리 가게는 정월의 첫 참배와 연시 인사를 마치고 돌아가는 사람들, 똑같은 신년 연휴 음식에 물린 사람들로 새해 첫날부터 3일 저녁까지 엄청나게 바빴다. 시간이 흐르며 슈퍼마켓과 백화점도 3일부터 영업을 시작하고 '신년 세일'을 하게 되어서 그런 북적이던 날들은 옛날이야기가 되어버렸다.

3 메리 크리스마스!
계산대에서 키 큰 백인 손님이 훌륭한 발음으로 "Merry Christmas!"라고 인사해준 적이 있다. 익숙지 않은 언어에 가슴이 콩닥거려 아무 말도 못한 채 입꼬리가 달달 떨리는 미소를 지으며 손을 흔드는 것이 내가 할 수 있는 최선이었다.

야쿠자의 분실물

도와줘요, 경찰 아저씨!

어느 날 출근해보니, 계산대 안쪽에 검은 007 가방이 하나 놓여 있었다.

"이게 뭐야?"

"어젯밤 손님이 놔두고 간 물건이요."

"뭐? 이렇게 큰 걸 까먹고 갔다고?"

혹시라도 연락처를 알 수 있는 단서가 없을까 싶어 안을 열어보았다.

"이런 이거 좀 선 넘는 물건일지도……."

안에는 명함과 주소록 같은 서류가 가득 들어 있었는데, 명함에는 누구나 다 아는 야쿠자 조직의 이름과 마크가 새

겨져 있었다. 일단 잘 아는 '경찰 아저씨'인 히메노 씨에게 전화를 걸어봤지만 받지 않았다.

지켜볼 수밖에 없어 사무실에 보관한 것까지는 좋았는데, 그날도, 다음날도, 다다음날도 연락이 오지 않았다. 3일 후, 드디어 연락이 닿은 히메노 씨가 알려준 대로 가까운 경찰서에 맡겼다. 이제 마음을 놓아도 되겠다고 생각한 그날 밤, 사건이 터졌다.

새벽 2시, 알바생 가노 군의 전화로 잠이 깼다.

"007 가방을 찾으러 오신 남자 손님께서 화를 내고 계세요……."

가노 군은 수화기 저편에서 어쩔 줄을 몰라 벌벌 떨고 있었다.

"경찰서에 갖다줬다고 했더니 '나 야쿠자야.[1] 당장 다시 가져와!'라고 하세요."

남편을 깨워 자초지종을 설명하자 그는 팔짱을 끼더니 '흐음' 하고 고민하기 시작했다.

어떻게 해야 할지 혼란스러웠지만, 그대로 가노 군을 모른 척할 수도 없는 노릇이었다. 웃옷만 걸치고 서둘러 가게로 나갔다.

가게로 가보니 야근하는 남자 알바생 둘이 계산대 안쪽

에서 새파랗게 질린 얼굴로 뻣뻣이 서 있었고, 반대편에는 180센티미터는 족히 넘어 보이는 키에 뚱뚱한 남자가 대치하고 있었다. 이렇게 늦은 밤 아직 세상 물정도 모르는 젊은 애들을 협박하는 것에 단단히 화가 났지만, 우선 억지웃음을 짓고 책임자라며 나섰다.

"당신이 책임자야? 손님이 물건을 깜빡하고 갔으면 당분간은 가게에서 맡아둘 것이지, 뭐 하는 짓이야? 당신들이 손님의 의사도 묻지 않고 멋대로 경찰서에 가져간 거니까 당장 찾아와."

야쿠자가 차분한 목소리로 따졌다.

멋대로 놓고 간 데다가 3일이나 연락 없이 방치한 주제에 뭐? 찾아오라고? 이런 생각이 들었지만 나도 냉정하게 사흘간 연락이 없으면 경찰에 신고하는 것이 정해진 수순이라고 설명했다.

하지만 남자는 "됐고! 당장 찾아와" 하고 버티기에 들어갔다. 언성을 높이지는 않았지만 탁한 저음의 목소리가 위협적이었다. 그러더니 "찾아오면 연락해"라며 핸드폰 번호를 남겨놓고 떠났다.

다음날 아침, 경찰서[2]에 연락하자 이미 야쿠자 단속반 관할로 넘어갔고, 조사가 끝난 다음이 아니면 그 누구에게도 넘겨줄 수 없다는 이야기를 들었다.

그러는 사이, 오후 5시가 지나자 남자에게서 전화가 걸려왔다.

"가방 찾아왔어?"

경찰한테 들은 이야기를 그대로 전할 수도 없는 노릇이라 우선 "소유자 본인이라고 증명해야 찾을 수 있답니다" 하고 둘러대니 그때까지 차분했던 말투가 급변했다.

"지금 장난해? 나, 야쿠자야. 당신들이 실수한 거니까 책임지고 어떻게든 찾아놔!"

귀청이 떨어져 나갈 만한 목청이었다.

무섭지는 않았지만, 말도 안 되는 이유로 욕을 먹었다는 분노 때문에 몸이 덜덜 떨렸다.

"경찰이 무서우신 거라면 제가 함께 가드릴까요?"

내가 할 수 있는 최대한의 빈정거림으로 답하자, 그는 더욱 불같이 화를 냈다.

"누구 앞에서 그딴 소리를 지껄여? 어디 한번 보자고!"

야쿠자는 일방적으로 빽빽 소리를 지른 다음 전화를 끊었다.

바로 경찰서에 연락하자 "무슨 일 있으면 바로 출동하겠습니다"라면서 가게 주변 순찰도 강화하겠다고 약속해주었다.

하지만 그 전말을 지켜본 알바생들은 공포에 질리고 말았다.

"언제 또 그 남자가 올지 모르잖아요. 매니저님, 오늘은 이대로 가게에 남아주세요."

"……."

오후 6시에 퇴근할 예정이었던 나는 그대로 이튿날 아침 6시까지 가게를 지켜야만 했다. 그후 오전 7시부터는 정해진 근무표에 따라 가게를 봐야 하는데 말이다…….

다음날, 지구대의 히메노 씨[3]가 약속대로 가게에 순찰하러 왔다.

"그 007 가방엔 야쿠자 장부니 주소록이니 건설 회사하고 주고받은 서류까지 중요한 게 다 들어 있었대요. 야쿠자 단속반이 다 복사해뒀다고 합니다."

히메노 씨는 웃음을 지었지만, 정작 중요할 때 도움이 되지 않은 그에게 원망스러운 마음이 끓어올랐다.

"그보다 히메노 씨, 진짜 필요할 때 전화를 전혀 안 받으셨잖아요."

"실은 연차를 써서 오랜만에 가족이랑 여행을 갔었거든

요. 죄송합니다."

경찰 아저씨도 24시간 영업이었군, 그렇게 생각하니 더 이상은 따질 수 없었다.

"그런데 니시나 씨, 다음에 그런 물건이 들어오거든, 일단 저한테 주세요. 대박 실적을 낼 기회거든요."

'다음'이라니, 어림도 없다. 이런 일은 한 번이면 족하다.

몇 주 후, 경찰서로부터 한 통의 엽서가 날아왔다.

"신고해주신 습득물은 분실자가 판명되어 반환하였으므로 다음과 같이 알려 드립니다. 습득물: 서류 케이스 1개."

그후로 야쿠자에게서도 경찰에게서도 아무 연락이 없다.

1　나 야쿠자야
이 에피소드는 벌써 십수 년 전의 일이다. 폭력단 대책법 규제가 강화된 덕분인지 최근 10년간은 야쿠자라고 큰소리치며 문제를 일으키는 손님은 이제 거의 없다. 이전에 ○○파 사무실이 가게 근처에 있었는데 주문해둔 와인을 찾으러 오질 않아 알아봤더니 주문을 넣은 그 손님이 구속되어 있던 적도 있다.

2　경찰서
1년에 한 번씩 심야 영업을 하는 소매상인을 모아 강의하는 '심야 슈퍼 등 협의회'라는 회의가 경찰서에서 열린다. 어느 해, 회의 주제가 제압봉 강습이었다. "이것만 있으면 힘이 약한 여자분도 범인을 제압할 수 있습니다!" 강사를 맡은 경찰관이 확신에 찬 어조로 말했다. 강사가 시범을 보인 후 "그럼 여러분이 직접 시현해보시죠" 하고 여자이자 가장 몸집이 작은 나를 지명했다. 그런데 범인 역할을 맡은 경찰관을 제압봉으로 힘껏 밀어보려고 했더니 되레 내가 벽까지 뒤로 밀려났다. 범인 역할을 맡았던 경찰관의 겸연쩍은 그 표정을 아직도 잊을 수가 없다.

3　지구대의 히메노 씨
가게에서는 이런저런 문제가 자주 발생하기에 경찰의 도움을 받는 경우가 많아 역대 파출소 순경들과는 늘 친하게 지냈다. 가게 방범 카메라가 도움이 될 때도 있고 지역 정보를 공유할 수도 있어 상부상조하는 관계라고도 할 수 있다. 특히 히메노 씨는 같은 동네에 살고 계셔서 가족 모두와 인사를 하고 지내는 사이이다.

편의점의 길고 긴 하루

일은 계속될 거야, 언제까지나

새벽 4시, 남편이 출근하면 전날 밤 9시부터 야근한 나와 교대한다. 남편은 손님이 적은 이 시간대에 정산 업무[1]를 하고 본사에 발주를 넣기 시작한다.

두 대의 계산대가 교대로 긴 정산 영수증을 쏟아내고 발주 업무를 시작하는 오전 6시, 알바생 나가노 군이 들어온다. 전날 밤 10시부터 1인 체제였던 업무가 이 시간부터 드디어 2인 체제로 바뀐다.

그렇다고 오전 6시부터 두 대의 계산대를 가동해야 할 만큼 손님이 많은 건 아니라서 나가노 군은 가게 안팎의 청소, 남편은 패미치킨 같은 튀김 종류를 만들며 계산대 주변

을 정리한다.[2]

나가노 군이 청소를 마치고 돌아오는 오전 6시 40분쯤이면 계산대를 둘이서 맡아야 할 만큼 분주해진다.

이 시간대에는 출근하기 전에 들르는 손님들이 몰려들어서 샌드위치, 밥 대용 빵, 담배, 커피, 신문 같은 것들이 불티나게 팔린다. 서두르는 손님이 많아, 일을 재빨리 처리해야 한다.

단골 중에는 계산대 앞에서 "담배"라고만 주문하는 사람도 있다. 그 손님을 보고 '담배'='말보로 멘톨 8밀리 쇼트 박스'라고 판단하고 내민다. 말보로 멘톨 8밀리 쇼트 소프트였는지 롱 박스였는지 헷갈려서 고민하다보면 손님의 짜증 섞인 혀 차는 소리를 듣게 된다.

단골이 좋아하는 커피도 '아이스 카페오레 M 사이즈'라는 것을 기억해두었다가 앞 손님이 잔돈을 챙기는 동안 다음 차례인 손님의 얼굴을 알아보고 그 손님이 계산대 앞에 섰을 때 곧바로 준비해서 내밀 경지에 올랐다면 하산해도 좋다.

오전 8시 반, 대학생 나가노 군은 강의를 들으러 가고 교대로 사쿠마 씨가 들어온다. 오전 9시에는 손님도 얼추 줄어드는데, 이 시점이면 쓰레기통이 꽉 차기 때문에 사쿠마 씨는 쓰레기를 모아 가게 옆 창고[3]에 버리러 간 다음, 정시에 온도 관리 체크를 한다.

오전 9시에 시게하라 씨가 와서 남편과 교대해 계산대에 선다. 오전 10시까지 반드시 본사에 발주를 넣어야 하기 때문에 남편은 발주 업무에만 전념한다.

사쿠마 씨와 시게하라 씨는 상품을 꺼내 진열하고, 캔과 페트병 음료를 보충하고, 전날 석간의 반품 작업을 한 다음에는 커피 머신에 쌓인 커피 가루를 버린다.

오전 10시경, 주문한 2차 도시락[4]이 들어온다.

동시에 잡화(화장품, 문방구, 생활용품, 의류품 등)도 입고되어 남편이 검품하고 진열하는 동안, 시게하라 씨는 점포 내에 POP 광고나 포스터를 붙이기 시작한다.

오전 11시경에는 점심 손님에 대비해 튀김류와 닭꼬치를 준비한다. 코로나 이전에는 오뎅도 점심시간에 맞춰 만들었다.

점심에는 아침보다 취급해야 하는 물품의 종류도 다양해 계산대가 바쁘다. 일하는 도중에 점심을 먹으려는 손님과 근처에 사는 어르신이 섞여 있기 때문에 구입하는 상품도 아침과는 전혀 다른 구색이다.

도시락을 데울지 말지, 비닐봉지 사이즈와 매수(뜨거운

도시락과 차가운 아이스크림을 어떻게 나누어 넣을 것인지), 필요한 비품(젓가락, 빨대, 포크, 물티슈)은 무엇인지, 포인트카드 종류, 지불 방법…… 하나하나 확인하면서 응대[5]한다.

오후 1시에 사쿠마 씨가 귀가하고, 교대로 사카이 군이 근무를 시작한다.

점심시간의 피크가 지나면 다시 쓰레기통 처리와 가게 청소를 하고 모자란 상품을 보충한다. 커피 머신도 원두 찌꺼기가 거의 가득 차기 때문에 안을 비우고 필터를 교환하고 원두를 보충해둔다. 여름철을 제외하고는 중화 만두 기계[6]도 청소해야 한다.

겨울이면 뜨거운 캔, 여름이면 워크 인 클로짓walk in closet 안의 차가운 차나 주스, 에너지 드링크와 아이스크림 등을 보충한다. 저녁이 되어 바빠지기 전에 페트병 뚜껑을 분리하는 작업도 잊어선 안 된다. 오후 2시쯤에는 택배나 메루카리(일본의 온라인 중고 거래 플랫폼이다.—옮긴이) 거래 물품과 같은 배달물을 갖고 오는 사람이 많다.

오후 3시경, 3차 도시락이 들어온다. 시게하라 씨가 계산대를 맡고, 사카이 군과 남편이 3차 입고품을 검품하며 선반을 정리한다. 석간도 도착하자마자 진열한다. 그후 남편은 가게에 필요한 비품을 조달하기 위해 DIY 스토어에 다녀온다. 시게하라 씨와 사카이 군은 저녁 피크[7] 때를 대비해 튀김류를 잔뜩 만들어둔다.

오후 5시, 수업을 마치고 알바하러 온 고등학생 마쓰오카 군과 대학생 다미야 씨가 출근하면 시게하라 씨와 사카이 군은 퇴근. 남편도 이때쯤 퇴근한다. 이 무렵부터 저녁 시간 피크가 시작된다. 아이와 동행한 손님, 퇴근길에 들르는 손님, 혼자 사는 손님이 저녁거리와 안주거리를 사러 온다. 아이스크림, 과자, 알코올 음료, 반찬이 주로 팔린다. 밤 8시가 지날 때까지 무척 바쁘다.

튀김류는 밤 8시가 지나면 판매량이 확 줄어든다. 다 팔린[8] 순서대로 트레이와 집게를 씻는다.

한밤중에는 과자와 컵라면, 에너지 드링크나 음료, 아이스크림, 냉동 상태의 반찬 등이 입고되기 때문에 쉽게 정리할 수 있도록 과감히 이전 물품을 치워 자리를 비워둔다.

고등학생인 마쓰오카 군은 밤 9시까지만 일할 수 있어서 퇴근 시간에 딱 맞춰 돌려보낸다. 몇 년 전까지는 이 시간에 야근하는 사람[9]을 썼는데, 야근 인력을 고용할 만한 여유가 없어진 지금은 내가 출근하고 있다. 밤 10시에 다미야 씨가 퇴근하고 나면 이튿날 새벽 4시에 남편이 올 때까지 나 혼자 모든 일을 도맡는다.

밤 10시가 지나면 손님은 줄어들지만, 상온 제품, 잡지, 냉동 제품, 도시락 1차 반입, 빵…… 이렇게 폭풍처럼 들이닥치는 입고 세례에 정신이 없다. 냉동 제품을 방치했다가는 폐기품이 되어버리고, 잡지가 오기를 기다리는 손님도 있기 때문에 임기응변으로 검품하면서 틈틈이 물건을 진열한다. 입고된 물건을 정리하는 것이 편의점 야근 업무 중 가장 중요한 일이다. 그 사이사이 바닥과 화장실 청소,[10] 벌레 사체 치우기, 입구와 창문과 전화 박스와 우편함 청소, 과자와 잡화 주문, 알바 근무표 작성 같은 업무를 진행한다. 그런 자잘한 일들을 해치우는 사이에 조간 신문이 배달되고 아침 첫 손님을 위해 튀김류를 만든다. 이렇게 일은 끊임없이 계속된다,[11] 언제까지나.

1 정산 업무
정산 업무는 계산대에서 전날부터 하루치 영수증을 다 뽑아야 하므로 일단 계산대를 멈춰야 하기 때문에 손님이 많은 시간대에는 할 수 없다. 두 대의 계산대를 하나씩 돌아가며 중지하고 현금과 상품권, 할인권 등의 숫자가 맞는지를 확인한다.

2 계산대 주변을 정리한다
튀김 담당은 손님의 물건을 계산하면서 비닐, 젓가락, 숟가락, 빨대 등을 보충하고 커피 원두와 담배도 채워놓는다.

3 가게 옆 창고
배송용 종이 상자, 가게에서 쓴 폐유, 빈 캔이나 페트병 등, 가게에서는 매일 대량의 쓰레기가 나온다. 이를 놓아둘 공간이 필요해 가게 옆에 창고를 마련했다. 평일, 불에 타는 쓰레기(일본의 쓰레기 분류 기준은 불에 타는 쓰레기와 그 외 재활용 쓰레기로 나눈다.—옮긴이)는 90리터 비닐봉지로 6~8개가 나온다. 혼자 와서 90리터 쓰레기봉투를 가득 채울 만큼 쓰레기를 버리고 가는 사람도 있다. 또 국도 옆에 있는 우리 가게에서는 공휴일에 바비큐를 하고 돌아가는 손님들이 차로 와서 음식물 쓰레기와 타지 않는 쓰레기를 뒤섞은 대량의 쓰레기봉투를 버리고 가는 경우도 있다. 이렇게 쌓이는 쓰레기봉투가 매일 10~15개가 되므로 보관할 곳이 없으면 가게가 쓰레기로 넘쳐버리고 만다. 불에 타는 쓰레기와 병과 캔은 시의 쓰레기 수거차와 특별 계약을 맺어 처리하고, 종이 상자는 일반업자가 수거해간다.

4 2차 도시락
도시락, 삼각김밥 등은 하루에 세 차례 입고된다. 1차는 밤 1시경, 2차는 오전 중, 3차는 오후 3시경에 도착한다.

5 확인하면서 응대
무슨 질문을 하든지 묵묵부답인 손님도 있다. 심지어 꽤 많다. 마음속으로 "저는 자판기가 아니라고요!" 하며 포효하면서도, 당연히 웃는 얼굴로 응대한다.

6 중화 만두 기계
고기만두는 초여름부터 오봉(양력 8월 15일, 일본의 대표적인 명절 중 하나다.—옮긴이)에 들어가기 전까지 우리 가게에서는 판매를 중지한다. 특히 잘 팔리는 겨울철에는 사람이 적은 한밤중에 청소한다. 봄과 가을엔 새벽에 잘 팔리고 점심에는 잘 안 팔리므로 정오가 지나면 씻고 저녁에 다시 판매를 시작한다.

7 저녁 피크
그전까지의 시간대는 각자가 먹고 싶은 음식을 사 가지만, 저녁에는 가족이 먹을 음식을 사 가는 경우가 많다

8 다 팔린

튀김기는 늦은 시간까지 켜두기 때문에 손님이 튀김을 주문하면 기다려달라고 응대한 뒤 그때그때 바로 튀겨서 판매하고 있다.

9 야근하는 사람

야근할 때, 키 큰 사람에게는 필요 없지만 내게는 필요한 일이 있다. 발판을 오르내리는 일이다. 짐을 정리하고 선반에 진열할 때, 키가 작은 나는 맨 위 선반까지 손이 닿지 않아 발판이 필요하다. 하룻밤 동안 이 발판을 몇 번이나 오르고 내리는지. 어렸을 때부터 허약 체질이었던 내가 하루도 쉬지 않고 일할 수 있던 데는 이 운동 덕이 컸다.

10 바닥과 화장실 청소

가게를 처음 열었을 무렵에는 바닥 청소를 할 때 대형 폴리셔 청소 기계를 써야 했다. 이 기계를 돌리면 바닥이 반질반질 빛이 났고 빛을 반사해 가게 안이 밝아 보였다. 하지만 너무 크고 무거웠다. 체구가 작은 나는 툭하면 기계에 휘둘려 손목이 꺾이거나 선반에 박기 일쑤였다. 지금은 바닥재 자체가 좋아져 달에 한 번 청소 업체가 찾아와 바닥을 청소해주기만 해도 한 달 내내 반짝반짝 광이 난다.

11 일은 끊임없이 계속된다

매일매일의 루틴과는 별개로 1년에 두 차례 계절 맞이 선반 갈이 작업이 이루어진다. 봄과 여름용 상품들이 가을과 겨울용 상품으로 바뀐다. 여름의 벌레 퇴치 상품을 장갑이나 핫팩 등의 방한 용품으로 바꿔놓는다. 한여름이면 초콜릿 계통의 상품은 매출이 줄기 때문에, 과자류도 계절에 맞춰 교체한다.

좀도둑

경찰은 아직 오지 않는다

몇 개월 전부터 물건이 자꾸만 없어지기 시작했다.[1] 초콜릿이 한꺼번에 다섯 개나 없어지거나 도라야키(밀가루를 동그랗게 구운 후 두 장을 겹치고 그 사이에 팥소를 넣은 일본 과자.—옮긴이)가 반드시 매일 하나씩 사라지는 식인데, 그런 일이 눈에 띄기 시작하면 "아아, 또구나" 하고 한숨부터 나온다.

알바생들에게도 유심히 봐달라 당부하고 어느 시간대에 없어지는지 살펴보니 아침 8시부터 9시 사이라는 게 판명되었다. 그 시간대의 CCTV를 체크해보니 어떤 여자아이가 용의선상에 올랐다. 자그마한 체구에 어린 티를 채 벗지 못한 얼굴이었다. 분명 아직 학생일 것이다. 진열대에 다가가 상품을 집어들어 바라본다. 그런 일에 익숙한 모양인지, 카메라 화면으로는 훔치는 순간을 확인할 수 없었다. 하지만 그 수상쩍은 움직임이야말로 그녀가 범인임을 말해주고 있었다. 알바생들에게 화면을 보이고 그애의 행동에 주의해달라 부탁했다.

"이 애가 아닐 거예요."

여자 알바생이 그렇게 말했다.

다른 아이는 "불쌍해라. 신고하지 말아주세요"라고 말했다. 알바생들도 이렇게 앳된 모습의 소녀가 범인이라고 생각하기 싫은 모양이었다.

알바생들을 위해서라도, 그리고 범인을 위해서라도 내가 할 수 있는 일은 하루빨리 범인을 잡는 것[2]뿐이다.

그 아이라는 확신이 선 뒤로 닷새째, 그애가 가게 밖으로 나가려는 순간 남편이 그애를 불러 세웠다. 만약 눈앞에서 도망친다면 남편이 여자애의 팔을 잡을 수는 없는 노릇이라 내가 반대 방향에서 막아섰다.

"지금 계산하지 않고 가져간 물건 있지?"

남편이 그렇게 말하자 그애는 포기한 듯이 어깨를 떨구고 작게 고개를 끄덕이더니 순순히 사무실 안으로 따라 들어왔다.

"네가 매일 훔쳐가는 거, 전부터 알고 있었어."

대화를 하는 도중, 나는 기어이 눈물을 흘리고 말았다. 여태껏 나는 좀도둑을 몇십 번이나 잡았다.[3] 그럼에도 도저히 익숙해지지 않는다. 나는 잡힌 범인보다 더 동요하고 어쩔 줄 몰라 하며 겨우 이야기를 이어나갔다.

"네가 이런 짓을 하면 많은 사람이 상처받아. 알바생들도 다 네가 그런 짓을 할 리 없다고 했거든. 먹지도 못할 만큼 많이 훔친다는 건, 진짜 갖고 싶어서 그러는 거 아니지?"

처음에는 아직 어린 그 아이가 올봄부터 부모 곁을 떠나 혼자 생활하기 시작한 스트레스로 이런 짓을 저질렀을 것이라고 생각했다. 하지만 고개를 푹 숙인 채 더듬더듬 말하는 그녀의 이야기를 통해 그렇지 않다는 게 판명되었다.

어려 보였던 그녀는 스무 살을 훌쩍 넘긴 나이였고, 운전면허증도 갖고 있었다. 부모에 대해 묻자 아버지와는 따로 살고 있고, "어머니는……" 하고 도중에 말을 끊었다. 직장이 근처에 있어 출근하기 전에 가게에 들러 여러 번 훔쳤다고 고백했다.[4] 고등학생 때부터 도벽이 생겨 벌써 여러 차례 경찰서를 들락거렸다고도 했다. 그래서 그리도 능숙했던 거다.

"좀 있으면 직장 선배들이 이 가게에 들를 거예요. 그때 경찰에 잡혀가는 걸 들키기라도 하면……."

"직장 사람들이 알게 되는 일은 없을 거야. 선배들이 와 있으면 그땐 경찰보고 사무실에서 기다려달라고 할 테니까 괜찮아."

내가 그렇게 말하자 그녀는 불안한 듯 고개를 끄덕였다.

경찰이 도착할 때까지 사무실에서 기다리라고 하자, 그녀는 핸드폰을 꺼내 급한 일로 출근이 좀 늦어지겠다고 직장에 연락을 취했다. 그 익숙한 모습을 보고 있자니 무슨 말을 어떻게 해야 나의 진심이 그녀의 마음에 가닿아 더 이상 이런 짓을 하지 않게 될까를 고민하느라 머릿속이 복잡해졌다. 경찰이 좀처럼 오지 않자, 나는 말을 이었다.

"아가씨에게는 남한테 털어놓지 못할 슬픈 가정사가 있는 것 같네. 하지만 우리도 다 그래. 우리 부부도 부모님을 일찍 여의어서 아가씨만 한 나이에 혈혈단신이었어. 그러니까 나만 불행하다고 생각하면 안 돼. 모두 각자의 고통과 슬픔을 안고 살아가는 거야."

그녀는 고개를 숙인 채 굳어 있었다. 경찰은 아직도 올 기미가 없었다.

"아가씨는 젊고 몸도 건강하잖아. 난 나이를 먹고 류머티즘에 걸렸어.[5] 이렇게 다리를 전다고. 아줌마가 가게에서 초콜릿 한 개를 110엔에 팔면 얼마나 벌 것 같아? 물건이 그렇게 없어지면 먹고살기도 힘들어져. 무슨 말인지 이해했을까?"

깜짝 놀란 듯 그녀는 얼굴을 들어 내 눈을 바라보았다. 그런 건 생각지도 못했다는 표정이었다.

30분 정도 지나 파출소의 순경이 도착하고 다시 몇 분 후에 경찰복을 입은 2인조 경찰관과 사복을 입은 형사 두 명이 찾아왔다. 모두 다섯 명의 경찰관이 들어서자, 사무실 분위기가 살벌해졌다.

경찰이 사건으로 고발할지를 우리 부부에게 물었다. 나와 남편 둘 다 고개를 저었다. "다만" 하고 나는 조건을 달았다.

"두 번 다시 같은 짓을 하지 않도록[6] 반드시 병원에 가서 상담과 치료를 받겠다는 약속을 해줬으면 해요."

그로부터 열흘 후, 그녀에게서 사과의 편지가 왔다. 지금까지 그녀가 훔친 만큼이라고 추정되는 액수의 돈도 동봉되어 있었다. 주소와 전화번호와 본명을 명기했다는 점에서 그녀의 진정성이 느껴졌다.

1 물건이 자꾸만 없어지기 시작했다

우리 가게는 상품이 얼마나 남아 있고 몇 개를 발주할지 항상 파악해둔다. 그래서 재고가 맞지 않으면 무엇이 없어졌는지 금세 알 수 있다. 상품이 도난당한 코너의 CCTV를 확인해보면 범인이 누군지 바로 알 수 있다.

2 하루빨리 범인을 잡는 것

편의점 점주를 30년이나 하다보니 좀도둑은 항상 있는 게 아니라, 어느 한 사람이 하기 시작했을 때 신속히 잡지 않는 한 그 사람이 계속 도둑질을 반복하고 점점 대담해진다는 것을 알게 되었다. 방지책은 단 하나, 하루빨리 도둑을 잡는 것이다.

3 몇십 번이나 잡았다

초등학생부터 80세 노인까지, 남녀노소를 가리지 않고 잡았다. 그중에는 후줄근한 차림새를 한 사람도, 브랜드 제품으로 온몸을 휘감은 사람도 있었다. 슬프게도 이러이러한 사람이라면 도둑질을 하지 않는다고 장담하기란 불가능하다.

4 여러 번 훔쳤다고 고백했다

좀도둑 외에도 알바생이 상품과 금전을 빼돌리는 착복 또한 여러 번 경험했다. 내부 사정에 밝지 않으면 불가능한 범죄이기에 범인이 누구인지 바로 드러난다. 착복의 경우, 이 사람이라면 괜찮겠다 싶어서 채용한 직원에게 배신당했다는 고통을 느끼는 동시에 사람 보는 눈이 없는 스스로를 탓하게 된다.

5 류머티즘에 걸렸어

나중에 자세히 쓰겠지만, 편의점을 시작하고 나서 류머티즘 진단을 받았다. 류머티즘은 몸 이곳저곳에서 통증을 느끼는 병이다. 어제는 다리를 절었는데 오늘은 달릴 수 있게 되고, 대신 어깨에 새로운 통증이 생기는 식으로 아픈 부위가 몸 이곳저곳으로 옮겨간다. 어깨와 손가락 끝의 통증은 겉으로 티가 나지 않는 부위라 뭘 그리 미적거리느냐는 말을 듣기 일쑤인데, 그럴 때는 솔직히 억울하다.

6 두 번 다시 같은 짓을 하지 않도록

가게에서 갖고 싶은 것을 성공적으로 훔쳤다 하더라도, 나중에 CCTV를 확인해 뒤에서 손가락질받을 수도 있고, 인터넷 사회인 만큼 SNS 등을 통해 확산될 수도 있다. 좀도둑질은 얻는 것보다 잃을 게 더 많은 범죄라는 사실을 꼭 알아주었으면 한다.

금요일의 손님

저마다의 사정

매주 금요일 오전이면 그 손님이 찾아온다. 흰머리가 섞인 긴 머리를 풀어 헤치고 눈 주변에는 눈곱이 낀 그녀의 나이는 50대쯤으로 추정된다. 일반적으로 얼굴이 익은 손님들은 "어서오세요"라고 인사를 하면 가볍게 고개를 숙이는 정도의 반응을 보인다. 게다가 계산대에서 매번 친근하게 대화를 나눈다면 더더욱 그렇다.

하지만 그녀는 "어서오세요" 하는 인사를 무시하고[1] 꼿꼿이 앞을 향해 걸어간다.

30분 정도 가게를 돌아 장바구니 안을 80퍼센트 정도 채우면 그녀는 오른쪽 계산대로 온다. 그때, 거기에 내 모습이 보이지 않으면 한바탕 소동이 인다.

"매니저님은요?"

작은 목소리로 그녀가 묻는다.

계산대에 있던 알바생이 가게 안 어딘가에서 일하는 나를 찾아내 데려올 때까지, 그 사람은 계산대에서 한 걸음 물러서서 장바구니를 끌어안은 채로 나를 기다린다. 내가 감기에라도 걸려 집에서 쉴 때조차 개의치 않고 전화가 온다.

그러면 "이런! 오늘 금요일이었지!" 하고 허둥지둥 달려나가는 수밖에 없다. 그녀가 장바구니를 끌어안고서 꼼짝도 하지 않고 기다리기 때문이다.

내가 "기다리게 해서 죄송해요" 하고 계산대에 서면[2] 그제야 안심한 듯 장바구니를 오른쪽 계산대에 올려놓은 뒤 살짝 웃는다. 그런 다음에는 한 손을 입가에 대고 주변 사람들이 듣지 못하도록 자그마한 목소리로 속삭인다.

"매니저님 혼자서 해주세요."

"네, 알겠습니다."

일부러 밝고 활기찬 목소리로 대답하면서, 비닐봉지에 계산한 물건들을 넣어주려 기다리고 있던 알바생에게 눈짓을 보내 물러서게 한다.

"오늘은 날이 좀 풀렸네요."

내가 그렇게 말을 걸면 그녀는 "매니저님, 아까 밖에서 들어오셨는데, 비누로 손을 잘 씻으셨나요?"라고 딴소리로 받아친다.

장바구니 가득 담긴 물건들을 계산하고,[3] 가장 큰 봉투를 이중으로 겹쳐 물건을 넣는 동안, 그녀로부터 이런저런 질문을 받는다. 그런 얘기들과 매번 보는 그녀의 모습을 통해 알게 된 것들이 있다.

-극도의 결벽증. 항상 내가 비누로 손을 씻었는지 확인한다. 그녀의 손도 피부가 다 갈라져 거칠거칠한데, 때로는 살갗이 빨갛게 벗겨져 번들번들한 탓에 플라스틱 인형 손처럼 보일 때도 있다.
-내가 아니면 계산을 할 수 없다. 다른 사람이 계산하려고 하면 또렷한 목소리로 분명하게 거부한다.
-오른쪽 계산대여야만 한다. 왼쪽 계산대에서 계산을 한 다음 바로 그녀의 물건을 계산하려고 했더니 "왼쪽 계산기를 만졌으니 다시 비누로 손을 씻어주세요"라는 말을 들었다.

그녀에 대해 제대로 파악하지 못했을 때는 이런저런 문

제들이 발생했다. 나 말고 다른 사람이 계산하려 하자 그녀가 "안 돼!" 하고 소리치며 거부한 적도 있었고, 내 옆에서 알바생이 비닐봉지에 물건을 넣어주려 손을 뻗은 순간 "손 대지 마!" 하고 가로막더니 봉지째 전부 새로운 것으로 바꿔달라 요구한 적도 있다. 그런 일이 있을 때마다 알바생들은 백 야드[4](Back Yard, 일본 유통업계에서 쓰는 용어. 백 룸으로도 불린다.—옮긴이)에서 분통을 터뜨렸다.

"그분이 가시고 난 다음엔 사무실에서 마음껏 소리쳐도 돼. 하지만 그분 앞에서는 얼굴에 드러내지 말고 웃으면서 말을 걸어줘."

분통을 터뜨리는 알바생들에게 나는 늘 그렇게 말했다.

하지만 그녀가 어떤 마음의 병을 앓고 있음을 알게 됐더라도 알바생들 사이에서는 거절당했다는 불쾌함이 쉽사리 가라앉지 않았다.

그러던 어느 날, 나한테 어쩔 수 없는 용건이 생겨 금요일에 가게를 비우게 되었다. 아르바이트인 노노미야 씨에게 "그분이 오시거든 노노미야 씨가 먼저 다가가서 내가 없다는 걸 알린 다음 '제가 손을 씻은 후에 계산해드리겠습니다' 하고 말해보세요"라고 당부해놓았다.

이튿날, 내 얼굴을 보자마자 전날 근무한 알바생이 "노노미야 씨에게 그분이 계산을 허락해주셨어요!" 하고 흥분한 목소리로 보고했다.

노노미야 씨는 "깨끗이 소독제로 손을 씻을 테니 저한테 계산을 맡겨주세요"라며 부탁한 듯했다. 알바생도 응원하는 마음으로 지켜보았다고 했다. 그녀가 노노미야 씨를 받아들여준 것 이상으로 직원들 모두의 마음이 내 가슴에 스며들어 눈물이 났다.

다음 금요일 오전 10시 반경, 평소와 마찬가지로 그녀가 가게를 찾아왔다. 잡지 정리를 하던 내가 "안녕하세요" 하고 인사를 해도, 삼각김밥 선반을 정리하던 노노미야 씨가 "어서오세요" 하고 말을 걸어도 여전히 반응은 없었다.

오른쪽 계산대에서 내가 응대를 하자 "매니저님, 지난주에 안 계셨죠" 하고 그녀가 먼저 말을 꺼냈다.

"죄송해요. 하지만 여기 있는 모두가 손님께 도움을 드리고 싶어 해요. 그러니 뭐든 거리낌없이 말씀해주시고 마음 편히 가게를 이용해주세요."

내가 그렇게 대답하자 그녀는 깊숙이 고개를 숙여 인사하더니 작은 목소리로 "고맙습니다. 고맙습니다" 하고 되풀이해서 말했다. 눈에는 눈물[5]이 고여 있었다.

1 무시하고
가게를 처음 시작했을 무렵에는 손님에게 무시당하는 게 꽤 힘들었다. 반면교사로 삼아 어떤 스치는 인연이라도 반드시 인사를 나누겠노라고 결심했다. 고속도로 요금소나 영화 티켓 판매소, 버스를 타고 내릴 때에도 "안녕하세요", "고맙습니다" 하고 인사를 한다. 단 몇 초의 스침 속에서 그 사람의 됨됨이가 느껴지는 법이다. 편의점을 경영하면서 깨달은 사실이다. 어디서든 기분 좋게 인사하는 사람으로 살아가고 싶다.

2 계산대에 서면
지금까지 대체 몇 번이나 계산대가 바뀌었을까. 처음에는 계산대 사양이 바뀔 때마다 두려움에 떨었다. 익숙한 버튼(지금은 터치패널) 위치가 조금만 바뀌어도 일이 더디어진다. 과연 틀리지 않고 잘 다룰 수 있을지 계산대가 바뀔 때마다 불안했다. 그렇지만 계산대는 교체될 때마다 더 사용하기 편해졌고, 시대에 맞게 변화했다. 요즘에는 익숙함에 대한 불안은 느낄지언정 새로워지는 것에 대한 거부감은 들지 않는다.

3 물건들을 계산하고
예전에는 계산대에 '고객층 버튼'이란 것이 있어, 계산을 끝낸 마지막에 '40대 남성'이니 '20대 여성'이니 하는 버튼을 눌렀다. 사무실 컴퓨터로 확인하면 어느 시간대에 어느 연령층 손님이 많고 무엇을 구입하는지 자세한 정보를 파악할 수 있었다. 이 데이터가 본사로 전송되고 분석되어 발주에 참고할 매뉴얼이 되는 거라고 교육받았다. 하지만 알바생 중에는 귀찮아서 '합계 버튼'과 가장 가까운 '70대 이상'만 누르는 학생도 있었던 탓에 그 통계가 진짜 쓸모 있을지는 의문이다.

4 백 야드
기본적으로 편의점엔 재고를 쌓아두지 않는다. 도시락, 빵, 반찬, 디저트는 하루 세 차례 들어온다. 과자와 잡화처럼 오래가는 상품도 이틀에 한 번은 들어온다. 소량으로 몇 번이나 상품이 입고되기 때문에 재고를 위한 큰 창고는 필요치 않다. 다만 스낵과자처럼 선반 1열에 5개만 진열할 수 있는 것은 창고에 쌓아두기도 한다. 이런 상품들을 두는 곳이 백 야드인데, 과자, 컵라면, 음료수, 두루마리 휴지 등이 쌓여 있다.

5 눈에는 눈물
그후에도 이 손님은 2~3년 동안 우리 가게를 찾아주었는데, 어느 날 발길을 딱 끊었다. 이름조차 모르는 터라 나로서는 그 손님이 어떻게 되었는지 알 길이 없다.

은둔형 외톨이

우리가 학생을 알바로 쓰는 이유

"아무도 중졸은 안 써주겠지?"

트럭에서 짐을 다 내린 배달원 후지카와 마사요 씨가 그렇게 물었다. 근처에 사는 그녀는 패밀리하트 냉동편 배달원이자 우리 가게 단골이기도 했다. 싱글 맘인 그녀의 외동아들이 중학교를 졸업한 후, 고등학교에 진학하지 않았다는 말을 들은 적이 있었다.

"왜? 지금 우리 가게에도 중학교만 졸업하고 열여섯 살 때부터 일하는 알바생이 있는데, 엄청 성실하고 일도 잘하는걸. 중졸이라서 안 되는 게 어디 있어."

그녀를 위로하려고 한 건 사실이지만, 마음으로부터 우

러나온 말이기도 했다. 남편만 해도 세 살 때 아버지를 여의고 중학교를 졸업하자마자 부모 대신 키워준 삼촌 집에서 독립해 스스로 돈을 벌면서 야간학교[1]를 다녔다. 야간학교를 졸업하고 나서도 자기가 번 돈으로 전문학교에 들어가 많은 자격증을 땄다. 느긋하게 부모님 품 안에서 대학까지 졸업한 나와는 인생에 대한 각오가 다르고, 실제로 일도 훨씬 잘했다. 그런 우리 부부에게 '중졸'에 대한 편견이 있을 리가 없었다.

"우리 아들, 착하고 좋은 앤데 중졸이라 아무 데서도 안 써줘. 본인도 자신감을 잃은 것 같아. 매니저님 가게에서 한번 써주면 안 될까?"

그래서 한 말이었군.

'중졸'에 대한 편견이 없다지만, 편견이 없다는 것과 알바로 쓸 수 있다는 건 다른 문제였다. 알바에 지원했다고 해서 모든 지원자를 채용하는 것도 아니고, 무엇보다 나는 심사 기준이 까다로운 편이라고 자부한다.

나중에 시간을 내서 마사요 씨와 이야기해보니 그녀의 아들은 중학교를 졸업한 후 3년 동안 집 밖으로 한 발짝도 나가본 적이 없다고 했다. 엄마가 빌다시피 해도 방에서조차 좀처럼 나오지 않는 듯싶었다. 중졸이라는 학력이 발목을 잡아 '아무 데서도 써주지 않는다'라는 말은 실제와 상당히 거리가 있는 이야기였다.

"3년이나 집에서 한 발짝도 안 나왔는데 이 일을 당장 한다는 건 아무래도 장벽이 너무 높은[2] 거 같아. 불특정 다수의 사람들이 오는 데다가, 다짜고짜 욕하는 사람도 있거든. 말도 안 되는 억지를 부리는 사람도 있고."

"매니저님은 내가 잘 알지. 우리 애를 맡겨도 될 거라 믿어서 그래. 어떻게 좀 도와줄 수 없을까?"

나는 마사요 씨를 설득했지만, 그녀는 '제발 부탁한다'며 고집을 부렸다. 어쩔 수 없이 면접이라도 보기로 했다.

약속한 날, 그는 어머니인 마사요 씨와 함께 왔다.

"면접은 둘이서만 볼게요."

그렇게 말하자 둘 다 불안한 표정을 지었지만, 나는 마음을 독하게 먹고 사무실 문을 마사요 씨의 코앞에서 닫았다.

중학교를 졸업한 지 3년, 어머니 말고 다른 사람과 대화하는 건 처음이라며 불안해하는 그에게 이 일은 손님을 고를 수 없고 손님에 따라 제각각 임기응변으로 대해야 하며, 절대 무단 지각과 결근을 해서는 안 된다는 것을 타이르듯 말했다.

"지금 내가 한 말을 다 이해했고 그래도 열심히 할 결심이 섰다면 가게에서 일하는 사람들과 다 같이 응원할게. 하지만 못 할 것 같으면 지금 못 하겠다고 말해줘. 열심히 가르쳤는데 조금 하다 말아버리면 우리도 실망이 크니까."

그렇게 말하자 팔짱을 낀 채 묵묵히 듣고만 있던 그가 비로소 "뭐, 일단 해볼까요?"라고만 했다.

은둔형 외톨이, 후지카와 데츠야 군의 편의점 근무 첫날이 밝았다.

일단 계산대에 서보라고 했더니 데츠야 군은 겁을 먹었다. 3년 동안 집에서 한 발짝도 나오지 않고 가족 말고는 얘기를 나눠본 적도 없으니 어쩌면 당연한 일이었다. 할 수 없이 데츠야 군이 계산대에 설 땐 내가 항상 붙어 있었다. 그는 그림자처럼 나를 따라다녔다.

혼자 물건을 사러[3] 나가본 적도 없었는지, 손님에게서 받은 현금 액수를 계산대에 정확히 입력하는 일조차 어려워했다. 이를테면 손님이 현금으로 5035엔을 내밀면 그대로 얼어붙었다. 중간에 0이 들어가면, 뭘 어떻게 눌러야 할지 모르는 듯했다.

보통 짧게는 3일이면 기본적인 업무를 다 가르치고, 머리로 기억하는 것보다 몸으로 익히는 게 빠르다며 일단 계산대에 세우는데, 그가 혼자 계산대에 설 수 있게 되기까지는 자그마치 1개월의 시간이 걸렸다.

혼자 계산대에 서기 시작한 후에도 손님이 5000엔짜리와 동전 35엔을 주면, 535엔을 입력해버려 거스름돈이 나오지 않아 패닉 상태에 빠지곤 했다. 1000엔권을 받고 1만엔이라고 잘못 입력해서 8000엔을 거슬러준 적도 있었다. 위태위태해서 눈을 뗄 수 없을 지경이었다. 보통 둘이서 가게를 보는데 데츠야 군이 일할 때는 반드시 한 사람이 더 있어야 했다.

나는 데츠야 군에게 매일 과제를 내주기[4]로 했다. 숫자를 자주 틀리는 그에게 집에서 계산기로 숫자 누르는 연습을 시켜 일단 숫자에 익숙해지도록 한 것이다.

그렇게 다시 몇 주가 지나자, 점차 숫자를 잘못 누르는 일이 줄어들었다.

존댓말도 할 줄 모르고 알바 선임과 손님에 대한 태도도 어딘지 맹한 구석이 있던 부분 역시 차차 나아지기 시작했다. 우리 부부나 다른 알바생들을 보고 조금씩 배운 모양이었다. 잘못을 하면 머리가 무릎에 닿을 정도로 고개 숙여 사죄했다.

대충 어느 정도 일을 할 수 있게 되었을 때, 나는 처음 면접을 봤던 사무실 의자에 데츠야 군을 앉혔다.

"데츠야 군, 지금까지 네가 알바할 땐 한 사람을 꼭 더 붙였던 거 알고 있지? 다른 시간대는 전부 두 사람이서 하지만 데츠야 군이 혼자 계산대에 서지 못하니까 셋이서 일을 해왔어. 한 사람의 인건비를 더 지불해온 셈이야. 이젠 누가 도와주지 않아도 혼자 할 수 있겠지?"

데츠야 군은 면접을 봤을 때처럼 "뭐, 일단 해볼까요?"라고 하지 않았다. 두 손을 무릎 위에 올려놓고 진지한 눈빛으로 나를 가만히 바라보고는 고개를 확실하게 끄덕였다.

그날부터 데츠야 군은 험상궂은 손님이 와도 먼저 계산대로 달려갔다.[5] 그뿐만이 아니라 각성이라도 한 것처럼 스스로 일을 찾아내고는 솔선해서 움직이기 시작했다.

그때까지 종업원 모두가 감싸줘야 하는 대상이었던 데츠야 군이 누구보다 먼저 알아채고 누구보다 빨리 움직이는 모습을 보고 놀란 사람은 나만이 아니었다. 함께 일하던 선임 알바생들 또한 충격인 모양이었다. 의식하지도 못했던 일을 여태껏 '은둔형 외톨이'이자 '짐'이었던 데츠야 군이 먼저 찾아내 후다닥후다닥 처리하자 다들 자극을 받은 것 같았다. 덕분에 내가 지시를 내리지 않아도 모두가 먼저 알아서 움직여주었다. 그건 생각지도 못한 결과였다.

그로부터 3년 후, 데츠야 군은 "건축사를 목표로 시코쿠에 있는 친척 집에 가게 되었습니다. 정말 신세 많이 졌습니다" 하고 사임 의사를 밝혔다. 존댓말도 완전히 입에 붙어 있었다.

"니시나 씨 가게에는 학생이 많네."[6]

며칠 전 근처 파출소에 새로 부임한 순경에게서 이런 이야기를 들었다.

"요즘 편의점에선 학생을 알바로 거의 안 쓰던데."

그럴지도 모르겠다. 학생이란 이제 겨우 한 사람 몫을 해서 든든해졌다 싶으면, 졸업을 맞이해 가게를 나간다. 게다가 시험이나 실습, 귀성 등등의 이유로 자주 쉰다. 그러니 아르바이트로 고용할 때 주부보다 훨씬 제약이 많은 것도 사실이다. 그래서 아는 편의점 점주 중에서는 아예 학생을 고용하지 않는다는 사람도 많다.

하지만 '참견쟁이 아줌마'인 나는 처음으로 '사회'를 경험하는 그 아이들에게 손을 내밀지 않고는 못 배기겠다.[7] 사회에 무사히 안착하기 위한 첫걸음을 내딛을 수 있도록 잘 이끌어주고 싶어진다.

젊은이는 언젠가 둥지를 떠난다.[8] 그리고 우리는 늘 그 새로운 출발을 응원한다. 그 아이들이 해준 수많은 일들에 진심으로 고마워하면서 축복하는 마음으로 떠나보낸다.

여전히 냉동편 배달을 하는 후지카와 마사요 씨에게서 데츠야 군의 근황을 전해 듣곤 한다.

"우리 아들, 건축 전문학교에 입학했어. 지금은 공부하는 게 너무 재밌대."

"강의 없을 땐 근처 편의점에서 알바한다더라. 패밀리하트에서 하고 싶었지만 근처에 없어서 도보 5분 거리에 있는 세븐일레븐에서 한대."

"우리 애 자동차 면허 땄어. 차 살 돈은 없어서 친척 아저씨 차를 빌려 여기저기 놀러 다닌대."

이제 '은둔형 외톨이'는 순조롭게 사회를 향해 내달리고 있다.

1 야간학교
남편 말에 따르면 40명이 입학했지만 하루 종일 일한 후 학교에 다녀야 하는 고충을 견디지 못하고 학생들이 하나둘 그만두기 시작해 졸업할 땐 겨우 여섯 명만 남았다고 한다.

2 장벽이 너무 높은
실은 그전에도 부모가 부탁해서 은둔형 외톨이를 알바로 받은 적이 두 번 있었다. 한 아이는 열심히 일을 배워 2주 정도 지나서 맡겨볼 만하게 되자마자 갑자기 연락을 끊고 오지 않았다. 또 한 아이는 하루만 나오고 다음날 나타나지 않았다. 아이 아버지한테 전화가 와 미안하다는 사과와 함께 그만두었다.

3 혼자 물건을 사러
요즘 초등학생은 돈 계산을 못 한다는 말을 아르바이트하는 여사님에게서 들었다. 일반적으로 초등학교 4학년 이상의 고학년 아이들은 금액을 말하면 바로 돈을 꺼냈는데, 몇 년 전부터 이 연령대의 아이들이 돈을 제대로 내지 못하더라는 말이었다. 확실히 잔돈을 건네도 알고 받는 것 같다는 느낌이 들지 않는다. 스마트폰 결제가 보급되면서 현금을 쓸 기회가 줄어들었기 때문일 것이다.

4 과제를 내주기
그러는 동안에도 나는 데츠야 군이 우리 가게에서 일하기 힘들 것 같다며 몇 번이나 마사요 씨에게 언질을 주었다. 하지만 본인도 마사요 씨도 결코 먼저 그만두겠다거나 그만두게 하겠다는 말을 꺼내지 않았다.

5 먼저 계산대로 달려갔다
2인으로 근무할 때 두 사람 중 누가 계산대에 설지는 정해져 있지 않다. 잘하네 못하네 따질 형편이 아니기 때문에 "오늘은 내가 검품할게", "그럼 제가 계산대를 맡겠습니다" 하는 식으로 그날그날에 맞춰 일을 정한다.

6 학생이 많네
학생인 알바생들은 다들 사이가 좋고 팀워크도 좋다. 근무 시간이 아닐 때 장을 보거나 복사하러 왔다가 계산대가 바쁜 것 같으면 얼른 앞치마(옛날에는 유니폼이 앞치마였다)를 두르고 돈 한 푼 되지 않는데도 도와주는 일이 자주 있었다.

7 그 아이들에게 손을 내밀지 않고는 못 배기겠다
30년 정도 전, 핸드폰이 보급되지 않던 시절에 알바생들에게 학교나 친구들한테 연락할 일이 있으면 사무실 전화를 마음대로 쓰라고 했다. 그런데 어느 날, 통화료가 3만 엔이 넘게 청구되었다. 남편이 알아보니 알바생들이 모두 한밤중에 사무실 전화로 친구들과 장시간 통화를 했던 것이었다. 제아무리 참견쟁이 부부라지만, 이땐 정말 얼굴이 창백해졌다.

8 젊은이는 언젠가 둥지를 떠난다

둥지를 떠나는 알바생으로부터 "사람을 대하는 게 껄끄러웠는데, 이 아르바이트로 정말 다양한 사람들과 만나게 되면서 사람을 좋아하게 된 것 같습니다"라는 말을 들은 적이 있다. 사실 이건 내가 느낀 감정과도 일맥상통한다.

2장

편의점 점주, 시작했습니다

펜션, 온천, 유원지, 편의점

남편의 꿈

편의점을 경영하기 시작한 것은 1990년대 중반, 우리 부부가 30대였을 때였다.

왜 편의점 점주가 되었냐고? 어떻게 시작되었는지 말하려면 우리의 결혼 이야기까지 거슬러 올라가야 한다.

나는 T현에서 나고 자랐다. 아버지는 중학교, 어머니는 초등학교 교사였고 두 분은 대학 아동문학 동아리에서 만났다. 학생들을 가르치면서 '문학가'를 꿈꿨던 아버지는 내가 네 살 때, 서른 살의 나이로 세상을 등졌다. 어머니의 재혼 상대인 의붓아버지도 초등학교 교장이었다. 친척들 중에도 학교 교사가 많아 '교사 집안'에서 자란 나[1]는 대학을 졸업한 후 유치원 교사가 되었다.

유치원에서 근무할 때, 친구와 함께 술 마시러 간 술집의 옆자리에서 고주망태가 된 사람이 남편이었다. 남편은 당시 T현 호텔에 근무하고 있었다.

남편은 처음 보는 사람에게도 허물없이 터놓고 대화할 수 있는 사람이다. 나와 친구에게도 마치 몇 년 전부터 알고 지내던 사람처럼 지극히 자연스럽게 말을 걸었다. 대화하는 도중에 동갑이라는 것을 알게 되자 바로 의기투합했다.

그날은 다음 만날 날을 기약하며 헤어졌고, 다시 한번 친구와 함께 셋이서 마신 후로는 우리 둘이 연락하며 지내게 되었다.

그 무렵 나는 자살한 어머니[2]의 장례식과 법원 절차를 밟느라 정신없고 혼란스러운 시기를 겨우 지나온 때였다. 하잘것없는 이야기를 끝도 없이 떠드는 것이 오히려 마음을 안정시켰다. 만남을 거듭하면서 남편도 어렸을 때 아버지를 여의었다는 것을 알게 되니 마음의 거리가 부쩍 가까워졌다.

연인이 되고 몇 년이 지나자 남편은 프러포즈를 하면서 "언젠가 욧짱(남편은 나를 이렇게 부른다)이랑 같이 펜션을 운영하는 게 꿈이야"라고 말했다.

프러포즈가 기쁘긴 했지만, '꿈' 얘기는 흘려들었다.

왜냐하면 남편은 늘 "이 근처에 유원지를 만들면 사람들이 놀러 올까?", "여기다 온천을 파면 엄청 사람들이 몰리겠는데" 하는 말을 머리에 떠오르는 대로 내뱉었기 때문이다.

아들이 태어난 후, 어느 날 국도를 달리다가 그 근처 공터를 발견한 남편이 말했다.

"욧짱, 이 근처에 편의점을 차리는 건 어때?"

그렇게 말했을 때 나는 늘 하던 꿈 이야기가 또 시작되었다고만 생각했다. 아마 펜션이니 유원지니 온천이니 하는 말의 연장선이라고 여겼던 것 같다. 조부모부터 친척까지 죄다 교사인 집안에서 자란 나로서는 '독립'이나 '자영업' 같은 단어는 꿈조차 꾸지 않았던 것이다.

그리고 시간이 조금 흘러 남편이 말했던 그 공터에 정말로 편의점이 생겼고 우리 지역에서 손에 꼽을 만큼 장사가 잘된다는 말을 들었다.

"욧짱, 편의점 차리는 거, 한번 진지하게 생각해보지 않을래?"

그제야 남편의 마음에 '편의점 점주'라는 꿈이 현실로 변하고 있음을 알아차렸다.

남편은 편의점에 대한 자료를 구해 연구하기 시작했다.

이미 남편은 혼자 달리기 시작하고 있었다. 아무래도 이번에는 진심인 듯했다.

아버지를 일찍 여의고 어머니까지 잃은 상실감으로 나는 인생이란 원래 고통스럽고 혹독한 것이라 생각했다. 그런데 꿈을 향해 달리기 시작하는 남편이 내게는 희망 그 자체로 보였다.

따라갈 수밖에 없구나. 아니, 함께 달려보자. 나는 그렇게 결의를 다졌다.

1 '교사 집안'에서 자란 나
교사 집안에서 자랐지만 나는 게으르고 공부도 못했다. 초등학교 시절, 준비물을 잊어버린 아이들 이름이 그래프로 교실 벽에 붙으면, 2등을 크게 제치고 1등을 차지했다. 그래도 책은 정말 좋아해서 많이 읽었다. 종례가 끝나자마자 도서관으로 달려가 세계문학전집을 한 권 빌려 하룻밤 만에 다 읽고, 다음날 반납했다. 어느 날 도서 당번인 아이가 화를 냈다. "읽지도 않는 책을 매일 빌리고 반납하고…… 이제 그만 좀 하지!" 내향적인 나는 무서워서 대답도 못했지만, 책을 빌리는 것만큼은 그만둘 수 없었다.

2 자살한 어머니
그 반년 전, 새아버지가 간경변으로 입원하신 후, 돌아가셨다. 친아버지가 돌아가시고 재혼했을 때, 어머니는 내게 "요시노, 이번 아버지는 아마 죽이려고 달려들어도 죽지 않을 만큼 건강하단다" 하고 농담처럼 말했다. 어머니는 원래도 일이 바빠 약간의 우울증 증세가 있었지만, 새아버지가 돌아가셨을 때도 흔들림이 없어 보였다. 새아버지의 죽음에 충격을 받고 우울증 증세가 심해졌는지는 모르겠으나, 내게 어머니의 죽음은 청천벽력과 같았다.

너무한 거 아냐?
로열티가 65퍼센트

패밀리하트와 계약할 당시, 계약 형태는 크게 '1FC'와 '2FC'로 나뉘어 있었다.

'1FC'는 토지와 매장을 점주가 직접 마련하는 형태다. 당시에는 자신의 땅과 가게를 갖고 있는 주류 판매점 사장이 시대의 변화에 발맞춰 가게를 편의점으로 리뉴얼하는 것이 유행했다.

이에 반해 '2FC'는 토지와 가게를 패밀리하트에서 빌려 운영한다. 점주 입장에서는 당연히 '2FC'가 더 수익이 적다. 본사에 지불하는 로열티[1]가 '1FC'의 경우 36~49퍼센트인 반면, '2FC'는 65~70퍼센트였던 것으로 기억한다.

땅도 매장도 없는 우리로서는 '2FC'로 계약할 수밖에 없었다. 패밀리하트 본사가 보낸 계약서에는 다음과 같이 적혀 있었다.

-2인이 전업으로 일한다.
-개업 자금으로 1000만 엔을 준비한다.
-매장 인테리어와 냉장 시설 설비 공사, 조명 공사 등의 비용을 부담한다.

내게는 부모님이 남겨준 수백만 엔의 유산[2]이 있었고 내 저축과 남편의 저축을 합하면 개업 자금인 1000만 엔 정도를 어찌어찌 준비할 수 있었다.

앞으로 이 사업을 꾸려 나갈 수 있을지, 우리 부부는 몇 번이나 계산기를 두드려 시뮬레이션을 해봤다.

예를 들어 가게의 총매출이 한 달에 1800만 엔이라 치고 원가를 제외한 이익이 600만 엔이라고 가정하자.

이 600만 엔의 이익 중 65퍼센트=390만 엔이 본사에 지불하는 로열티로 사라진다. 다음으로 큰 지출은 아르바이트 인건비로, 100만 엔 정도가 나간다. 팔다 남아 폐기한 상품의 구매가가 포함되지 않은 구조(이에 대해서는 나중에 자세히 말하겠다)이므로 월 평균 폐기 원가를 약 20만 엔으로 보고 이를 제했다. 그 외 기타 비용으로 15만 엔 정도를 빼고 나면, 수중에 남는 돈은 약 75만 엔이라는 계산이 나왔다. 이것도 어디까지나 '잘됐을 때'의 이야기다.

그 당시 호텔에서 일하던 남편의 월급이 연금과 제세공과금을 제외하고 17만 엔 정도였고, 임신을 계기로 유치원 교사를 그만두었던 나는 출산한 후에 집 근처 어린이집에서 '임시 보모'로 일하고 있어 10만 엔 정도의 월 수입이 있었다. 우리 부부가 하루 종일 일하면 그만큼 수입은 늘어나겠지만…….

패밀리하트와 계약을 체결하기 전, 몇 번이나 시뮬레이션을 해보는 과정에서 나는 처음에 본사의 몫이 터무니없이 많다고 불만을 토로했다.

"하루 10시간 이상 일하는데 우리 몫이 이 정도라니, 해도 해도 너무한 거 아냐?"

내가 그렇게 말하자 남편은 고개를 저었다.

"생각해봐, 장사 한번 안 해본 우리에게 차근차근 다 가르쳐주고, 뭐가 잘 팔리는지 컴퓨터로 치면 바로 알 수 있는 데다가, 물건 떼 올 때 일일이 협상하지 않아도 대기업 상품을 원하는 만큼 주문할 수 있다고. 그 대가라 생각하면

타당한 몫 같지 않아?"

그렇군. 그 말에도 일리가 있다며 사람 좋은 나는 그만 수긍하고 말았다.

이렇게 우리 부부는 패밀리하트 본사와 계약을 맺었다. 계약상 남편이 '점장'이고 내가 '매니저'[3]라는 직책이었다. 편의점 점주로서 첫발을 내딛은 것이다.

1 본사에 지불하는 로열티
한 달 영업 총 이익 중 250만 엔 이하는 49퍼센트, 250만 엔 이상 350만 엔은 39퍼센트처럼 금액에 따라 지불하는 로열티도 달랐다.

2 수백만 엔의 유산
흔히 어린 나이에 부모를 잃은 사람은 기댈 곳 없고 가난하다는 선입견을 갖기 쉽다. 하지만 부모님의 생활비와 노후를 위해 저축한 돈을 상속받아, '부모 없는 아이'인 내게는 어느 정도 재산이 있었다.

3 남편이 '점장'이고 내가 '매니저'
패밀리하트는 두 사람의 계약자를 세우게 하고 남편을 '점장', 아내를 '매니저'라 부르게 한다('2FC' 계약일 경우). 출입하는 배송업자들도 다들 남편을 '점장', 나를 '매니저'라고 부른다. 패밀리하트가 그렇게 훈련을 시키는 건가 싶다.

드디어 개업하다

'개업 세일'은 본사의 이익

가게를 개업하기 전, 예비 점주들은 연수를 받게 되어 있다. 연수 센터에서 2주간 교육을 받고 패밀리하트 직영점에서 일주일을 일한다.

연수 센터에서 교육을 마친 후 집 근처 직영점에 다니며 부부 둘이서 연수를 받기 시작했다. 오전 9시에 출근해 오후 5시면 퇴근하고, 점심시간으로 1시간의 휴식 시간이 있었다. 하지만 이 기간 동안 월급은 나오지 않고, 오히려 우리가 연수 비용을 지불해야 하기 때문에 그동안 저축한 돈을 야금야금 파먹으며 살아야 했다.

직영점에서 연수할 때, 우리와 비슷한 시기에 가게를 오픈한다는 경영 희망자[1] 세 팀과 함께 교육을 받았다. 두 팀은 우리와 똑같이 2FC로 부부가 운영할 사람들이었고, 다른 한 팀은 주류 판매점 사장이라고 들었다.

연수 내용은 실제로 매장을 운영하면서 일을 하는 형태였다. 다시 말해 계산대에서 일을 하거나 상품을 꺼내고[2] 라벨을 붙이거나 접객하는 일들이었다. 하지만 손님이 적은 데다가 일하는 사람 수가 많아 한 가지 일을 여러 사람이 나누어 하게 되었다. 상품을 꺼내고, 라벨을 붙이는 일을 다 끝내자 할 일이 없어 가게 안을 어슬렁댔다.

T현의 국도에 면한 공터. 눈을 한 번 깜빡일 때마다 아무것도 없던 땅에 익숙한 패밀리하트 매장이 완성되어갔다. 1개월 만에 매장이 건설되자 다음으로 상품 반입과 진열이 시작되었다. 개점하는 매장에 반입과 진열을 전문으로 하는 업자가 따로 있는 모양인지, 그 사람들이 알아서 전부 준비해주었다. 우리는 그냥 보고 있기만 했다.

오픈하기 전 한 달간은 너무나 바빠 남편과 대화할 시간도 없었다. 남편은 나보다 더 할 일이 많아서 이제 막 다섯 살이 된 아들에게 "아빠는 당분간 못 보니까 엄마를 부탁해"라고 말했을 정도였다. 매일 은행과 우체국을 순회하며 세무사와 법무사를 만났다.

오픈 3주 전에 아르바이트 채용 면접[3]을 보았다. 140명의 지원자가 있었고, 이틀간 나누어 첫날에 90명, 둘째 날에 50명의 채용 면접을 진행했다.

면접을 마쳤을 땐 완전히 녹초가 되어버렸다. 집에 돌아온 후 이력서를 다시 보는데 사진이 붙어 있지 않은 사람은 아무것도 떠올릴 수 없었다. 당연히 사진이 붙어 있던 사람들만 채용되었다.

아르바이트는 총 18명을 채용하기로 했다.

우리 가게의 경우 기본적으로 매장에 근무하는 사람은 두 명이다. 점장인 남편과 매니저인 나를 포함해 20명이서 '24시간×7일=168시간'의 근무표를 짜야 했다.

첫 근무표 짜기[4]는 본사 담당자에게 배워가며 둘이 머리를 맞대고 정했다. 알바생에게 지불하는 인건비만으로 한 달에 100만 엔이 넘었다. 이 금액을 앞으로 매달 꼬박꼬박 지불할 수 있어야 한다고 생각하니 정신이 바짝 들었다.

오픈할 때 상품 발주는 본사에 맡겼다. 오픈하고 3일 동안은 '오픈 세일'이라고 해서 상품을 할인된 가격으로 판매한다. 그리고 선전 업무 일체를 본사가 맡아서 해준다. 당시 우리 가게 사방 몇 킬로미터 안에는 편의점이 하나도 없었다. 그런 지역에 처음 편의점을 여는 것이니 선전을 대대적으로 해서 지역 주민들에게 편의점의 존재를 각인시키기 위한 기간이었다. 다만 이 3일간의 매출은 모두 본사가 가져간다고 했다. 우리도 '선전 기간'이라 생각하고 그러려니 이해했다.

오픈 당일, 친척이 죄다 몰려와 두 손이 모자랄 만큼 잔뜩 물건을 사 매상을 올려주었다. 아는 사람이고 친구고 할 것 없이 다들 달려와주었다. 모두 두 손으로 들고 갈 수 없을 정도로 상품을 구입했다. 상품은 진열하자마자 바로 팔렸다. 불티나게 팔린다는 말은 이런 것을 두고 하는 말이구나 싶었다.

직영점에서 연수할 때는 손님 한 사람당 계산에 30초가 걸렸는데 그 절반 이하의 시간으로 응대해야 했다. 연수와는 딴판으로 현실의 우리는 눈이 돌아갈 만큼 바빴다. 상상을 뛰어넘어 눈앞이 어지러울 정도로 분주해서 머리까지 마비된 탓에 오픈했다는 기쁨을 만끽할 겨를조차 없었다.

개점 후 한 달은 오픈 전보다 훨씬 바쁜 나날이 이어졌다. 나는 하루 종일 계산대에 서 있어야 해서 남편이 어디서 무엇을 하는지도 알 수 없을 지경이었다.

그동안 남편은 패밀리하트 본사 직원에게 하나하나 지도받으며 사무 업무를 처리했다고 한다. 둘 다 눈앞에 닥친 일을 묵묵히 해치우는 것만으로도 힘들어 감정마저 잃어버린 날들이었다. 지금 돌이켜보면 그저 바빴다는 것 말고는 기억나는 것이 하나도 없다.

오픈 후 첫 달은 매일 80만 엔[5] 정도 매출을 올렸다.

두 달가량이 지나 가게도 조금씩 안정을 찾아갈 무렵, 남편이 삼촌과 대화를 나누던 중 "오픈 3일 동안의 매출은 본사의 몫[6]이었다"고 고백했다. 삼촌은 오픈 세일에 3일 연속으로 찾아와 매상을 잔뜩 올려준 분이었다. 그 이야기를 들은 삼촌의 어깨가 힘없이 축 늘어졌다.

"너희들한테 한 푼이라도 보탬이 되라고 필요 없는 것까지 억지로 샀는데, 그런 말은 진작 좀 해주지. 그럼 4일째부터 샀을 텐데 말이야."

1 **가게를 오픈한다는 경영 희망자**
각 편의점 체인 점주의 평균 연령은 53.2세, 평균 가맹 연수는 14.2년, 가맹 전 사업 경영 경험이 있는 경우가 28퍼센트, 없는 경우가 72퍼센트다. (공정거래위원회에서 2020년 9월 발표한 『편의점 본부와 가맹점의 거래 등에 관한 실태 조사 보고서』를 참조)

2 **상품을 꺼내고**
창고에 있는 상품을 선반에 진열하는 일에는 몇 가지 종류가 있다. 우선 '앞으로 꺼내기'는 진열대 끝에 있는 상품을 손님이 꺼내기 쉬운 맨앞으로 가져오는 것이다. '얼굴 보이기'는 옆이나 뒤를 향한 상품을 손님의 시선에서 정면이 보이도록 돌려놓는 것을 말한다.

3 **아르바이트 채용 면접**
건설 현장 옆에 텐트를 쳐 특설 면접 시험장을 마련했다. 엄동설한에 이틀 동안 아르바이트 면접을 봤다. 대부분 4월부터 근처 여자 전문대에 입학할 예비 대학생들이었다.

4 **근무표 짜기**
면접 때는 가급적 모두 평등히 근무할 수 있으면서 가게도 순조롭게 돌아가도록 희망 시간에 맞춰 채용했지만, 원래 사람 일이란 게 계획대로 돌아가지 않는 법이다. 토요일에는 희망자가 넘쳐나는데 수요일은 한 사람도 하겠다는 지원자가 없어 늦게 와도 괜찮고 빨리 퇴근해도 좋으니 와달라며 억지로 끼워 맞추는 경우도 있다. 근무표 짜는 게 참 녹록지 않다.

5 **매일 80만 엔**
편의점 한 점포당 1일 평균 매상은 세븐일레븐 65만 5000엔, 로손 약 43만 6000엔, 패밀리하트는 약 48만 9000엔이다(모두 2020년 결산 자료를 바탕으로 산출).

6 **본사의 몫**
매출액은 반드시 매일 본사에 송금하도록 정해져 있었고 그 시간까지 송금하지 않으면 벌점을 받았다. 이 시절, 남편은 매일 은행에 송금하러 갔다. 그후 가게에 있는 ATM에서 송금할 수 있게 되면서 은행에 가는 건 잔돈을 바꾸러 가는 정도가 고작이다.

마음의 지옥문이 열리다
인간에 대한 불신과 죄책감

편의점 점주가 되었을 때 나를 가장 힘들게 한 것은 장시간 서서 일하다가 생긴 요통도 아니고, 사람을 써야 하는 어려움도 아니고, 바로 인간에 대한 불신이었다. 불신이라기보다 공포라고 하는 편이 더 가까울지도 모르겠다.

"빨리 좀 못 하겠냐!", "잘못됐잖아!", "이거, 어떻게 책임질 거야?"

툭하면 손님이 소리를 질렀다.

영수증을 주면 주는 대로 "쓰레기를 주고 난리야" 하는 소리를 들었고, 안 주면 안 줬다고 "영수증을 줘야 할 거 아냐"라는 말을 들었다. 지금 눈앞에 있는 이 사람이 언제,

무엇을 했을 때 소리를 지를지 알 수 없다는 공포 속에서 하루하루를 살았다.

한편, 내 안에 비뚤어진 자존심과 우월감[1]이 존재하는 것도 사실이었다. 누군가가 바닥에 뱉은 껌을 기어다니며 긁개로 떼고 있으면 "이런 교양도 도덕도 없는 놈들한테 내가 머리를 숙여야 한다니……" 같은 생각이 들곤 했다.

편의점 점주가 되기 전 나는 유치원 교사와 어린이집 임시 보모로 일했다. 이전 직장에서는 아이들을 돌보고 그 아이들을 웃게 만드는 일에만 정성을 쏟으면 되었다. 물론 힘든 일도 많았지만, 아이들과 지내다보면 보람되는 '일'을 하고 있다는 충족감이 느껴졌다. 그동안 어린아이들의 웃음에 둘러싸여 지내다가, 처음 보는 할아버지에게 야단을 맞아야 하는 신세가 되어버린 것이다.

편의점 일을 시작하면서 내 마음이 더럽혀져가고 있다는 것이 느껴졌다.

계속 소리치는 손님에게 겉으로는 머리를 숙이면서도, 마음속으로는 "가정 교육도 제대로 못 배워먹은 것들이", "천박한 것이" 같은 욕지거리를 하고 있었다. 내가 차별과 편견으로 똘똘 뭉친 인간이라는 것을 뼈저리게 느꼈다. 무엇보다 슬펐던 것은 그런 내 마음을 객관화하는 나 자신이었다. 난 정말 저열한 사람이구나, 그 사실을 매일 사무치게 느끼는 나날이었다. 그리고 알고 싶지 않았던 진실과 대면케 한 이 일이 너무나 싫었다.

나를 괴롭게 만드는 일이 한 가지 더 있었다. 바로 식품 폐기 문제다.

상품 폐기 시간이 되면 '띠리리링' 하고 이를 알리는 경쾌한 음악이 가게 안에 울려퍼진다. 그러면 나는 선반에서 처리해야 할 상품을 바구니에 담아 계산대로 가져간 다음 폐기 입력을 하고 바구니째로 워크 인 클로짓[2]에 넣는다. 여기 보관해둔 도시락, 삼각김밥, 디저트, 닭꼬치, 패미치킨과 같은 폐기 식품은 나중에 모아서 쓰레기봉투에 버린다. 쓰레기봉투 안에서 입도 한번 대지 않은 음식들이 영수증 쓰레기, 가게에서 나온 쓰레기, 손님이 버린 쓰레기와 함께 마구 섞인다. '얼마든지 먹을 수 있는 식품'이 '쓰레기'로 변하는 순간이다. 이때의 기분, 먹을 수 있는 음식을 버리는 죄책감을 뭐라 표현하면 좋을까?

나는 종종 이렇게나 많은 음식을 버린 업보[3]로 언젠가 아사하는 게 아닐까 두려워질 때가 있다. 편의점을 시작하면서 느낀 이 괴리감은 30년이 지난 지금도 여전하다.

하지만 연령과 직업이 제각기 다른 불특정 다수의 사람과 접촉하는 이 일은 내 인생의 경험치를 높여주었다. 초반 몇 개월은 손님에게서 "크로켓 1개, 패미치킨 2개, 마일드세븐, 그리고 이 빵은 데우고……"라는 말을 들으면 '안 돼, 잠깐만요! 세 개 이상은 머리에 들어오지 않아요!' 하고 마음속으로 새파랗게 질려버렸던 내가 반년 후에는 1시간에 50명 이상의 손님을 상대하면서 다양한 요구를 아무런 문제없이 처리할 수 있게 되었다. 틀림없이 젊었을 때보다 뇌세포가 훨씬 활성화되었을 것이다.

함께 일하는 알바생과 이야기를 나누는 것도 마음을 다잡는 데 도움이 되었다. 그들이 쉬는 시간에 이야기해주는 장래의 꿈과 가족을 생각하는 애틋한 감정에 대해 듣고 있노라면, 듣기 좋은 허울이 아니라 정말 초심으로 돌아갈 수 있었고 배울 점도 많았다.

나는 암중모색을 거듭하며 편의점 점주로서 앞으로 나아갔다.

1 **자존심과 우월감**
그때까지 나는 유치원과 어린이집에서 일했기에 아이들의 부모님이 나에게 고개 숙일 일은 있어도 내가 고개 숙일 일은 없었다. 어쩌면 그게 내 안에 잘못된 우월감을 심어주었는지도 모르겠다.

2 **워크 인 클로짓**
주스와 술 같은 차가운 상품을 판매하는 선반 안쪽이 넓은 냉장용 창고다. 음료는 금세 차가워지지 않기 때문에 상자째로 여기에서 시원하게 보관한다. 폐기 식품도 상하지 않도록 여기에 보관한다. 폐기 식품은 알바생들에게 원하는 만큼 가져가라 하고 남으면 쓰레기통에 버린다.

3 **많은 음식을 버린 업보**
손님인 소비자이자 독자 여러분께 부탁드린다. 편의점에서는 '이 시간에 이 상품은 이 정도 팔린다'라고 예측하고 본사에 상품을 발주한다. 늘 신선한 상품을 팔기 위해 하루에 세 차례나 배달이 온다. 그런데 손님이 조금이라도 새로운 것을 사려고 선반 안쪽 물건을 골라버리면, 남는 상품이 늘어나 폐기해야 한다. 폐기 식품을 줄이기 위해 쇼핑하는 습관을 한번쯤 점검해주시면 좋겠다.

관절 류머티즘

때로는 이런 날도

어느 날 갑자기, 오른손이 올라가지 않았다. 그전에도 오른손이 처진다는 느낌은 받았지만, 갑자기 축 늘어진 채로 움직일 수 없었다. 오픈한 지 5년이 지났을 무렵이었다.

업무에 지장이 있긴 했지만, 왼손으로 어찌어찌 일 처리를 하면서 "드디어 사십견이 왔구나" 하고 웃어넘기다보면, 며칠 후에는 다시 정상으로 돌아왔다. 하지만 그것도 잠시, 며칠이 지나자 이번에는 왼손에 같은 증상이 나타났다. 그다음에는 무릎, 발목 하는 식으로 통증이 온몸을 돌기 시작했다. 아픈 이유를 알 수 없었다. 빠르면 몇 시간, 길어도 3일이면 참기 힘든 통증은 사라지지만, 다음에는 다른 곳이 아프기 시작했다.

근처 내과를 찾았더니 교원병이 의심된다며 전문의에게 소개장을 써주었다. 전문의에게서 받은 진단명은 교원병 중에서도 '관절 류머티즘'[1]이었다.

그때까지 하루 평균 10시간은 가게에서 일하던 내가 일을 하기 힘들어졌다.

그 무렵, 가게 바로 건너편 공터에서는 지반 공사가 한창이었다. 동네 사람들 얘기로는 체인 CK사 편의점이 새로 생긴다고 했다. 그때까지 가장 가까운 편의점은 1.5킬로미터 떨어진 곳에 한 군데 있었을 뿐이었지만, 이제 바로 옆에 라이벌 매장이 출현한 것이다.

당시 평일 매출이 하루 55만 엔, 주말엔 70만 엔 정도였고 한 달 총매출만 2000만 엔 정도를 올렸다. 매출은 T현 안에서 상위에 들어가는 편이라 담당 SV(슈퍼바이저)도 "이대로만 가면 문제없습니다" 하고 웃음 가득한 표정이었다. 하지만 바로 코앞에 라이벌 매장이 생긴다면 이 상태가 계속될 리 없었다. 걱정스러워서 속이 바싹 타들어갔다.

류머티즘은 스트레스가 원인이 되어 발생한다는 말도 들었다. 듣고 보니 짚이는 게 있었다.

교사 집안에서 자란 내겐 주말과 공휴일은 물론, 봄방학,

여름방학, 겨울방학이 있는 게 당연했다. 편의점을 하면서 그런 모든 것들이 사라졌을 뿐만 아니라 골든위크와 설날에도 가게에 나가야만 해서 아들과 함께 시간을 보내지 못한다는 게 커다란 스트레스였다. 몸과 마음에 큰 부담이 생겨 이런 결과로 나타난 게 아닌가 싶었다.

"일도 안 하고 아무 생각 없이 나무늘보처럼 축 늘어져 있다보면 바로 나을 거야" 하고 친구들이 말해주었지만, 그러지 못하는 게 프랜차이즈 편의점이라는 일의 고충이다. '24시간 영업'[2]을 하고 있으니 깨어 있는 내내 가게 일에 치이고 가게 걱정에만 사로잡혀서 하염없이 우울해졌다.

사실 그 몇 개월 전에, 같은 현 안의 패밀리하트 점주분에게 큰 비극이 닥쳤다. 큰딸이 다니는 유치원의 통원 버스에 작은딸이 치여 그 자리에서 목숨을 잃은 것이다. 같이 있던 사모님은 눈앞에서 딸이 죽은 충격으로 입원했다. 사고 당일에도, 장례식 날에도, 사모님이 입원한 후에도, 가게는 하루도 쉬지 않고 문을 열어야 했다. '연중무휴 24시간 영업'은 그런 비극을 겪고도 지켜내야만 하는 굴레인 것이다. 그런데 이웃들은 "그런 일이 있었으면서 아무렇지 않게 문을 여네"라며 험담했다고 한다. 그 사장님의 마음을 생각하면 가슴이 미어질 것 같았다.

"이렇게 일만 하며 살다가는 진짜 우울해지겠다. 일단 나가자!"

어느 날 갑자기, 남편이 벌떡 일어나 그렇게 소리쳤다. 내가 하기로 되어 있던 근무표에는 다른 사람을 넣어주었다.

결혼 당시, 남편은 집에서는 손 하나 까딱하지 않는 남자였다. 아들 기저귀를 단 한 번도 간 적이 없었다. 집에 들어오면 현관에서 거실까지 양말, 겉옷, 바지, 셔츠를 하나씩 벗어 던져놓고는 그대로 나 몰라라 하는 사람이었다.

그런 남편이 어느새 슈퍼 주부가 되었다. 빨래를 하고 이불을 널고 쓰레기를 버리고 장을 보고 저녁을 만들고 먹은 그릇을 식기세척기에 넣는다. 대체 무슨 이유로 이렇게나 바뀌었을까?

편의점을 막 시작했을 때, 매일 13시간 근무를 마친 후 집에 돌아오면 집안일은 주부 시절의 습관처럼 나 혼자 도맡아 했다. 편의점에서 남편은 컴퓨터 앞에 앉아 업무를 보는 데스크 작업이 주였고, 나는 계산대를 중심으로 서서 하는 일을 했는데, 익숙하지 않은 격무에 허리가 끊어질 듯이 아팠다. 기다시피 집에 들어와 그 자세 그대로 일어나지 못하게 된 나를 대신해, 남편은 처음으로 어쩔 수 없이 부엌일을 하게 되었다.

나는 이불에 누워 그 모습을 편지에 써서 친구에게 보냈다. 친구가 쓴 답장에는 "밥을 차려주다니, 너무 멋진 남편분이다! 넌 정말 행복한 줄 알아야 해" 하고 남편을 엄청 띄우는 내용이 쓰여 있었다. 그 편지를 남편 눈에 띄는 곳에 펼쳐두었다.

그후, 남편은 알아서 집안일을 척척 해내게 되었고, 나는 기껏해야 옆에서 좀 거드는 식으로 역할이 바뀌었다.

그런 남편이 나와 아들을 끌고 나간 곳은 친구 집이었다. 원래 아이들끼리 학교 친구였는데 뜻이 맞아 가족 모두가 다 같이 친구가 된 사이였다.

남편이 미리 연락해둔 모양이었는지, 친구 가족들 모두 만반의 준비를 하고 환대해주었다. 아이들의 학교에서 있었던 일들에 대해 큰 소리로 웃고 떠들며 이야기를 나누다 보니, 어느새 기분이 훨씬 좋아졌다. 가끔씩은 이런 날도 필요했던 것이다.

류머티즘을 앓게 되면서[3] 내가 얼마나 따뜻한 울타리에 둘러싸여 있는지를 잘 알게 되었다. 모든 친구와 지인들은 물론이고 근처에 사는 단골들까지 나를 걱정해 가게와 집으로 찾아와서 기운을 북돋아주었다.

"괜찮아?", "좀 어때?", "류머티즘에 먹으면 좋다던데",

"힘들 땐 언제든 말해" 같은 말들이 이어졌다.

단골 중에는 새로 생길 편의점의 땅 주인에게 직접 담판을 지으러 찾아가준 사람도 있었다.

"근처에 편의점이 또 하나 생겨봐야 같이 망하자는 것밖에 더 돼? 그래서 땅 주인한테 다시 한번 생각해보라고 말하러 갔는데 말이지……."

그래서 해결된 건 아니다. 대기업의 계획을 한 개인의 요구로 꺾을 수는 없다며 쫓겨났다고 했다.

하지만 모두의 그 고마운 마음이, 내 가슴을 갑갑하게 짓누르던 짙은 먹구름을 활짝 걷어내주었다.

1 **관절 류머티즘**
몸에 면역반응이 일어나면서 관절 안쪽을 둘러싼 활막에 염증을 일으키는 '자가면역질환'이다. 관절이 뻣뻣해지거나 통증, 부기를 동반하고 염증이 장기간 계속되면 연골과 뼈가 조금씩 부서지면서 관절 변형이나 탈구를 일으킨다. 남녀 비율로는 1:3 혹은 1:4 정도로 여자 환자가 많다.

2 **24시간 영업**
한창 '근로 방식 개혁'이 떠들썩할 무렵, 본사에서 24시간 영업을 그만두겠냐고 문의가 들어왔다. 하지만 실제로 그만둘 수 있었던 건 근처에 라이벌 편의점이 없고 야간에는 사람이 오지 않는 교외 공장 인접지나 도심 오피스 빌딩에 있는 매장뿐이었다. 사전 조사를 위해 '시범 야간 폐점'을 시행했던 매장은 낮에도 손님 수가 급감하면서 다른 편의점에 뺏긴 손님을 원상회복하기까지 반년 이상 걸렸다고 한다. 내가 아는 범위에서 패밀리하트뿐만 아니라 24시간 영업을 그만둔 편의점 매장은 하나도 없다.

3 **류머티즘을 앓게 되면서**
소개받은 류머티즘 전문의는 우연히도 아들 동급생의 아버지였고, 아내분과도 아는 사이였다. 집도 바로 근처라 몸이 안 좋아지면 개인적으로 의논을 하곤 해서 병과 잘 지내는 방법을 여러모로 가르쳐주었다.

직업 체험 학습

아이들의 열띤 눈빛

지역 중학교 2학년 두 명이 직업 체험 학습을 하러 오기로 했다. 알고 지내는 학부모 교사 연합회 회장님을 통해 그 중학교 교장 선생님께서 '꼭 좀' 부탁한다고 사정하는 터라 받아들이기로 했지만, 공교롭게도 초등학교 사회 학습일과 겹쳐버렸다. 근무표에 한 사람을 더 넣어 대책을 세웠다.

아침 8시 반, 먼저 중학생들이 도착했다. 남자애 두 명이었는데 같은 반인 데다가 친한 친구 사이라고 했다. 체육 동아리에 소속되어 있다고 하는데 빼빼 마르고 얌전한 아이들이었다.

우선 그 아이들에게 편의점 업무에 대해 대략 설명하고 청소하는 법을 가르친 다음 가게 청소[1]를 맡겼다. 그렇다 해도 완전히 다 맡길 수는 없어 나 또한 물건을 진열하면서 곁눈질로 아이들의 움직임을 확인했다.

청소만 해서는 재미가 없을 테니 다음으로 잡지를 끈으로 묶는 법을 가르치고 책을 어떻게 하면 멋지게 들 수 있는지를 전수해주었다. 잡지를 선반에 진열하는 업무[2]도 맡겼다. 쓸데없는 잡담은 하지 않고 시킨 대로 묵묵히 일하는 아이들의 모습에 나는 호감을 느꼈다.

9시 반이 지나 2차 도시락이 들어오자, 우리도 중학생들에게 붙어 있을 수만은 없었다. 바로 2차 도시락 검품과 냉장 케이스 진열 작업을 시작했다.

그럭저럭 오전 10시가 지나자 초등학생 단체가 시끌벅적 들어왔다. 도합 30명의 학생들을 도시락 진열장 앞에 모이라 하고 진열이 끝날 때까지 지켜보게 했다.

하지만 겨우 초등학교 3학년이다. 좀이 쑤시는지 장난꾸러기 세 명이 가게 안을 돌아다녔다. 다른 손님에게 방해가 되지 않도록 최소한의 주의를 주면서 서둘러 도시락 진열을 마쳤다.

진열을 끝내고 일렬로 서 있는 아이들에게 담임 선생님

을 통해 미리 전달받은 질문을 바탕으로 편의점 업무에 대해 설명했다.

질문 시간, 아이들의 진지한 시선이 내게 꽂혔다.

"패밀리하트에서 제일 좋아하는 건 뭐예요?"

"음, 난 매일 초콜릿이나 디저트를 꼭 먹어요."

그렇게 대답하는 와중에도 장난꾸러기들이 세면대에서 물장난을 치는 게 시야에 들어와 다른 손님에게 물이 튀지나 않을까 걱정이 앞섰다. 인솔한 선생님의 눈에는 장난꾸러기들이 보이지 않는지, 내 옆에 딱 붙어 설명 중인 모습을 진지하게 비디오로 찍고 있을 뿐이었다.

"어른도 만화책을 사가나요?",[3] "아이스크림은 뭐가 제일 잘 팔려요?",[4] "손에 닿지 않는 물건이 있을 땐 어떻게 하면 되나요?"[5]

다른 아이들은 귀엽고 동글동글한 눈동자를 반짝이며 소박한 질문을 쉴 새 없이 던졌다.

내가 "편의점 진열대 높이도 시대 상황에 따라 달라집니다" 하고 설명하자 앞줄에 선 여자애가 손을 들어 "시대 상황은 무슨 뜻인가요?"라고 질문했다.

그렇군. 초등학생한테는 좀 어려운 말이었군.

"으음, 예를 들어 굽 높은 구두가 유행할 때는 선반이 좀

더 높았고, 화장품을 선반 제일 위쪽에 진열했어요."

그렇게 말하자 아이들이 "아아" 하고 감탄하는 소리를 냈다.

초등학생들을 둘러보면서 편의점에 대한 설명을 한창 하고 있을 때, 줄 끝에 서 있는 중학생 두 명과 상품을 입고하러 온 배달원이 눈에 띄었다.

이런 세상에, 중학생들은 시킨 일을 다 마치고 할 일이 없어 다른 업무 지시를 받기 위해 기다리는 중이었고, 배달원은 입고품 수령 사인을 받기 위해 대기 중이었다. 갑자기 초조함이 밀려들어 혀가 잘 돌아가지 않았다.

초등학생은 아침 11시, 중학생은 오후 12시에 가게 문을 나섰다.

중학생들은 3시간 30분 동안 서서 일을 하는 게 힘들었는지, 도중에 나가떨어져 후반에는 거의 주저앉다시피 했다. 매일 10시간씩 가게 안을 뛰어다니는 나로서는 나이도 어린데 참, 하는 생각도 들었지만 익숙지 않은 일이니 어쩔 수 없었을 것이다.

태풍이 지나간 후 남은 일들을 처리하다보니 저녁 무렵에는 평소보다 두 배는 지쳐 마라톤을 끝낸 것처럼 팔다리가 부들부들 떨렸다.

완전히 진이 빠진 나는 내년엔 초등학교 사회 학습은 거절하자고 남편과 이야기를 나눴다.

그로부터 몇 주가 지났을 무렵, 초등학교 선생님이 가게를 찾아왔다. 아이들의 '사회 학습' 감상문을 전달하기 위해서였다.

'시간을 내주시고 많은 것을 가르쳐주셔서 감사합니다.'

'편의점에 대해 몰랐던 것을 많이 알게 되어서 무척 도움이 되었습니다.'

'편의점 일이 재미있어서 어른이 되면 편의점 점장이 되고 싶다고 생각했습니다.'

아이다운 문장과 글씨로 그렇게 쓰여 있었다. 알바생들도 돌려 읽고 서로 감상을 말하며 웃고 떠든 다음, 가게 벽에 감상문들을 붙여 전시했다.

내년에도 와달라고 할까 보다.

1 **가게 청소**
화장실 청소, 가게 통로 대걸레질, 야간에 벌레 습격이 많을 땐 그 잔해 처리, 식사 공간과 주차장 쓰레기 줍기, 쓰레기통과 재떨이 청소, 창문 닦기…… 일이 참 많다. 코로나 이후로는 손님의 손이 직접 닿는 입구, 냉장고 손잡이, 복사기, ATM, 커피메이커 터치 패널 등의 소독 작업까지 보태졌다.

2 **잡지를 선반에 진열하는 업무**
이 당시에는 들어오는 잡지 종류도 상당했다. 배달원 외에 건장한 젊은이 세 명이 같이 날랐고, 잡지 선반 앞 통로에 한 줄로 내 허리 높이까지 턱턱 쌓아놓았다. 다른 정리 일을 하면서 틈틈이 밤새도록 잡지를 선반에 진열해야 했다. 2023년에는 고령의 배달원이 한 손으로 툭 내려놓을 수 있는 양이다. 선반에 진열하는 데 5분도 걸리지 않는다. 출판업계, 인쇄업계의 고충을 이해하고도 남을 만하다.

3 **어른도 만화책을 사가나요?**
지금이야 종이 만화책을 사는 건 대부분 어른이지만, 가게를 처음 시작했을 땐 '어른이 만화를 사다니' 하는 시대였다. 그래서 이런 질문이 나왔다. 물론 "어른을 위한 만화책도 있고 어른도 사갑니다"라고 대답했다.

4 **아이스크림은 뭐가 제일 잘 팔려요?**
예나 지금이나 초등학생은 역시 '가리가리군(1981년에 출시된 셔벗 식감의 빙과류. ―옮긴이)'이다.

5 **손에 닿지 않는 물건이 있을 땐 어떻게 하면 되나요?**
"발판이 놓여 있습니다만, 손이 닿지 않는다면 직원에게 얘기해주세요. 언제든 꺼내드리니까요"라고 대답했다.

10년이 지났습니다
리모델링 비용이 800만 엔

10년 계약 기간을 완수했다. 패밀리하트의 계약은 10년마다 한 번씩 갱신한다. 일단 계약이 끝나면 다른 매장으로 바뀐다고 보는 게 더 적합하겠다.

10년이라는 세월이 흐르면 오픈할 땐 최신식이었던 편의점 매장도 시대에 뒤떨어지게 마련이다.

예를 들어 첫 번째 계약 시절, 우리 가게에는 택배 물건을 맡아둘 공간이 전혀 없었다. 그러나 계약 기간 동안 택배 이용이 급증하면서 접수된 배달 물품들을 보관하는 용으로 폐차 직전의 왜건을 인수해 창고 대신 사용했다.

화장실은 남녀 겸용 하나뿐이었던 것을 첫 번째 계약 갱신 리모델링에 맞춰 남성용과 여성용으로 나누었다. 시대의 추세에 발맞춰 매장을 개조하려고 했더니 건물의 기둥만 남기고 내부는 전부 다 바꾸다시피 리모델링을 해야 했다. 우리는 본사[1]가 제안한 리모델링 자체에는 불만이 없었지만, 그 비용이 자그마치 800만 엔이었다. 10년 동안 차곡차곡 모아둔 저축이 이것으로 다 날아가버렸다.

그리고 계약을 갱신할 때 '1FC의 C'라는 계약 형태로 변경했다.

땅은 본사에서 빌렸지만, 매장 개수 공사비는 우리가 냈기 때문에 본사에 대한 로열티가 48퍼센트로 줄어들었다.

이 무렵, 근처에 편의점이 하나둘 생기기 시작했다. 눈앞에 생긴 CK사 편의점과 더불어 300미터 떨어진 국도 옆에는 일본 최대 편의점 S사 매장, 주택지 쪽으로 걸어서 3분인 곳에는 L사 매장이 들어섰다. 1킬로미터 사방에 편의점이 4개나 된다는 뜻이다.

더불어 종업원을 확보하는 것도 힘들어졌다. 알바를 모집해도 지원자가 드물었다. 근처 편의점과 종업원을 두고 경쟁을 벌인다기보다는 저출산의 영향 때문이 아닐까 싶기도 했다. 같은 시기에 근처 여대는 학생수가 매해 급감하면서 이대로는 존속이 위태롭다는 판단을 내리고 학생을 확보하기 위해 남녀공학으로 바꾸었다.

하지만 이렇게 말해도 사실 가장 매출이 좋은 시기는 이 2기, 편의점 개업 후 11년 차부터 20년 차 사이였다.

1기의 10년 동안은 계약 형태가 2FC라서 우리 몫이 적었다. 게다가 삼각김밥 가격이 100엔 전후일 정도로 물가 자체가 쌌다. 그리고 '여기에 편의점이 있다'는 인지도 자체가 낮기도 해서 손님 수가 불안정했다.

2기의 매출은 평일에도 60만 엔을 밑도는 날이 없었고 휴일에는 80만 엔이 넘었다. 한 달 총매출이 2050만 엔 정도였고 인건비와 각종 공과금을 제하면 월 90만 엔의 이익이 남았다.

이 시절에는 인건비도 지금보다 훨씬 낮았다. 특히 이벤트가 개최되어 가게 앞 국도의 교통량이 느는 시기에는 야간에 두 대의 계산대에 줄이 하나씩 생기고, 화장실에도 한 줄이 늘어서 가게 안이 사람들로 꽉 찼다. 손님이 하루에 2000명 가까이 온 날도 있었다. 게다가 2000명이라는 건 계산대를 거쳐간 사람 수다. 다섯이서 가게를 찾더라도 계산을 한 사람이 하면 손님 한 명으로 계산한다. 그러니 바닥 타일도 금세 닳곤 했다. 하루에 130만 엔의 매출을 올린 적도 한두 번이 아니었다.

자동차를 좋아하는 남편은 중고이긴 하지만 국산 고급 승용차를 샀다. “이렇게 큰 차가 필요할까?” 하고 묻자, “욧짱은 괜찮겠지만, 나한테 경차는 너무 비좁아” 하며 웃었다.

1 본사

본사에서는 일주일에 두 번 오는 SV 말고도 때때로 지역 매니저가 얼굴을 내민다. 그리고 아주 드물기는 하지만 본사에서 부장이 오는 경우도 있다. 부장이 올 때는 며칠 전부터 공지를 하고 지역 매니저도 사전에 가게 상태를 점검해 문제가 있으면 SV를 통해 시정하게 한다. 우리도 신경을 온통 곤두세우고 평소에 하지도 않는 벽까지 깨끗이 닦아 부장을 기다린다.

“저 좀 써주세요”
로스트 제너레이션 세대의 슬픔

부랑자 같은 차림새의 젊은이가 웅크린 채 가게 앞 쓰레기통[1]에 기대어 앉아 있었다. “괜찮으세요?” 하고 말을 걸었다. 그게 오가사와라 군과의 첫 만남이다.

오가사와라 군은 겨드랑이에 돌돌 만 구인 정보지를 끼고 있었다. 사정을 들어보니 로스트 제너레이션(1990년대 일본 거품 경제가 붕괴되면서 취직 빙하기를 맞이한 세대를 가리킨다.—옮긴이)인 오가사와라 군은 프리터로 얼마 전까지 아르바이트를 하고 있었는데, 근무하던 가게가 문을 닫으면서 일자리를 잃고 길거리에 나앉게 되었다고 했다. 일할 곳을 찾아서 구인 정보지를 뒤지며 가게 앞 공중전화로 면접에 지원하는 중이었다.

차림새는 추레했지만 대답하는 오가사와라 군의 태도는 시원시원했다. 그의 사정이 딱하기도 했거니와 늘 인력이 부족한 상황이기도 해서 나는 그에게 우리 가게에서 일해보지 않겠냐고 제안했다.

오가사와라 군은 그 자리에서 진지한 눈빛으로 "써주시기만 한다면 어느 시간대든 괜찮습니다" 하고 대답했다.

다른 날에 면접을 다시 봤더니 인품에는 전혀 문제가 없어 보였다. 오히려 씩씩하게 대답하는 모습으로 미루어 보아 일을 참 잘할 것 같았다. 이런 젊은이조차 아르바이트를 전전해야 하는 '로스트 제너레이션 세대'의 슬픔을 실감했다.

우선 낮 근무 시간에 업무를 파악하게 하고 야근하는 사람이 모자랄 때 근무해달라고 하면 내가 대신 들어가지 않아도 되겠다 싶어 아르바이트로 채용했다.

오가사와라 군은 성실하고 맡은 일을 확실하게 해냈다. 남편이 일을 맡기면 스스로 이해할 수 있을 때까지 질문했고, 복창하듯 "이런 뜻이지요?" 하고 확인했다. 지시한 대로 일을 해주었고 접객 태도도 멋대로 적당히 넘어가는 법이 없어 안심할 수 있었다. 몇 명의 단골이 "저 알바생, 아주 싹싹하네" 하고 칭찬을 해주었다.

3개월 정도 지나자 오가사와라 군한테 야근을 맡길 수 있게 되었다. 기존의 야근 알바생이 툭하면 출근 직전에 못 나오겠다고 일을 쉬어서 그때마다 황급히 내가 대타로 출근해야 했는데, 오가사와라 군에게 맡기면서[2] 밤에도 안심하고 푹 잘 수 있었다. 좋은 알바생이 와주었다고 느꼈다.

오가사와라 군에게는 이상한 특기가 있었다. "이번 주에는 이걸 팔게요" 하고 말하면 그는 자기가 말한 대로 반드시 매상을 올렸다.

"오늘 실수로 패미치킨을 너무 많이 튀겨버렸네. 이걸 어떡하지……."

"걱정 마세요. 제가 팔게요."

그러면 웬일인지 정말로 완판에 성공했다.

나도 다른 알바생들도 다들 열심히 팔려고 노력한다.

"오늘 ○○를 싸게 팝니다!", "방금 튀긴 바삭한 패미치킨입니다!" 하고 열심히 소리치고[3] 손님을 끌어보려 애쓴다. 하지만 아무리 노력해도 안 팔리는 날에는 전혀 매출을 올리지 못한다. 당연하다.

하지만 오가사와라 군은 담담하게 "제가 팔게요"라고만 대답하고 진짜로 완판시켜버렸다. 패미치킨뿐만이 아니다.

크리스마스 케이크와 반찬까지, 일단 '팔겠습니다'라고 선언하면 다른 사람보다 몇 배나 되는 양을 다 팔아 치웠다.

그가 "완자 꼬치를 팔게요" 하고 선언한 날, 나는 남몰래 그의 움직임을 관찰했다. 대체 무슨 비법이 있는 것인지 궁금했다.

오가사와라 군은 잘 아는 단골 뒤로 돌아가 등에 딱 달라붙듯이 거리를 좁힌 후 작은 소리로 무슨 말인가를 했다. 그러자 단골이 스윽 하고 계산대 앞으로 와서 마치 최면술에 걸린 사람처럼 "완자 꼬치 주세요"라고 하는 것이었다.

그다음에도 몇 명의 단골 등에 따라붙어 무슨 말인가를 하면 다들 완자 꼬치를 주문했다. 나는 그 모습을 홀린 듯이 쳐다보고 있었다.

오가사와라 군에게 '판매 전략의 비법'을 캐물어볼까 생각했던 적도 있었다. 하지만 실제로 물어본 적은 없다. 그걸 묻는 순간, 오가사와라 군의 마법이 풀려버릴 것만 같아 두려웠기 때문이다.

1 가게 앞 쓰레기통

요즘 가게 앞 쓰레기통을 없애는 편의점이 늘고 있다. SV가 "이제 가게 앞 쓰레기통을 없애는 게 좋지 않을까요?" 하고 얘기한 적도 있다. 그런데 남편이 쓰레기통을 철거한 매장을 시찰해보더니 그 주변에 쓰레기가 여기저기 버려져 있더라면서, 쓰레기로 이웃에 폐를 끼칠 수는 없다며 지금도 쓰레기통을 철거하지 않고 유지 중이다.

2 오가사와라 군에게 맡기면서

꽤 오래전에 패밀리하트는 아르바이트하는 사람에게도 발주 업무를 시키라고 장려했던 적이 있었다. 점장이 혼자서 발주 업무를 도맡으면 쉴 수 없기 때문이다. 하지만 발주를 아르바이트하는 사람에게 맡기는 게 쉬운 일은 아니다. 편의점에는 매주 몇백 종류나 되는 신상품이 들어오고 또 끊임없이 바뀐다. 신상품이 들어와서 처음 3일은 불티나게 팔리다가 그다음에 판매가 뚝 끊기는 경우도 종종 있다. 매일 매장 손님의 취향과 동향을 주시하지 않으면 판단이 어렵다. 알바생들도 상품이 재고로 남는다는 두려움, 무거운 책임감에 다들 무서워한다.

3 열심히 소리치고

큰 목소리를 내려면 생각 외로 용기가 필요하다. 복잡한 계산대에 바로 익숙해진 유망한 신입이라도 고작 목소리를 크게 내는 일을 어려워한다. 본인은 크게 외친다고 여기지만 매장에서는 음악이 흐르고 방송이 나오고 냉장고나 보온기의 모터 소리가 윙윙대서 그 소음에 묻히고 만다. 그래서 항상 신입이 들어오면 계산대 반대편의 가게 구석에 세워두고 큰 목소리로 "어서 오세요!"를 외치게 한다. 신입이 "어서 오세요!" 하고 매장 구석에서 소리치면 "그 정도론 하나도 안 들려!" 하고 계산대에 선 베테랑 알바생의 목소리가 쩌렁쩌렁하게 울려 퍼진다.

편의점 알바 따위……
"라르크, 어떻게 뽑아요?"

'편의점 알바'는 얕잡아 보는 말로 쓰일 때가 있다. "그래 가지고는 편의점 알바밖에 못 한다" 같은 식이다.

그러나 편의점 알바를 우습게 보지 마시라. 일단 처리해야 하는 업무 종류가 말도 안 되게 많다. 계산대에서만 하는 업무만 따져도 열 손가락이 모자랄 지경이다. 계산 말고도 '택배, 우편함 배달, 중고 마켓 접수', '인터넷 쇼핑 지불', '티켓 판매', '선물 배송 예약과 판매', '공과금 대행 수납', '택배 물건 대신 받아주기', '우표, 엽서, 레터 팩(일본 전국 일률 520엔으로 우표 없이 보낼 수 있는 우편.—옮긴이) 판매', '자치단체 폐기물 수거권 판매', '담배 판매', '반찬 판매', 시기에 따라서는 '연하장 인쇄 접수와 판매', '명절 선물 접수' 등등으로 끝이 없다.

이 모든 걸 해내기 위해서는 무엇이 어디에 있는지[1] 전부 파악할 필요가 있다. 우표 파일, 선물 신청 용지, 택배 전표, 줄자, 테이프, 종이 영수증, 250종류 이상의 담배 보관 장소, 반찬 보관 장소[2]…….

또한 '택배'[3]라는 한마디로 일괄되는 업무 역시, 손님이 배송품을 가져왔을 때의 응대가 만만치 않다. 크기와 무게, 배송 장소, 급배송인지 시간 지정인지 다 고려한 후에 무엇으로 보내는 것이 가장 쌀지 혹은 가장 빠를지를 판단해야 한다. 예를 들어 두껍지는 않은데 무게가 나가면 택배보다 레터 팩[4]이 더 싸다. 배달 상황을 추적할 수 있어 언제 도착하는지도 파악할 수 있다. 하지만 이튿날까지 보내고 싶다면 택배가 확실하다. 결국에는 손님이 선택하는 것이라 무엇이 어떻게 다른지 설명할 수 있어야 한다.

"이 크기로 이 거리일 경우 택배는 630엔이고 내일 오전에 배달됩니다. 급하지 않으시면 우체국 팩은 620엔입니다. 어느 걸로 하실래요?"

점원이 제대로 이해해야만 해낼 수 있는 업무다.

리먼 브라더스 사태가 터지고 나서 그 얼마 뒤에 전기 제품 대기업 공장에 다니던 무라타 씨가 아르바이트 구인에 지원했다. 무라타 씨는 옆 시에 사는 사람이었다.

"아들이 둘 다 고등학생이라서 이제 한창 돈이 들어갈 시기인데 공장이 일주일에 3일만 가동합니다. 회사에 출근해도 생산 라인이 멈춘 상태라 청소하고 잡초 뽑는 일만 하고 있고요…… 회사에서는 부업을 허락했는데 이웃 눈치가 보여 집 근처에서 일하기도 힘들고 해서……."

무라타 씨는 40대 중반, 지방 국립대를 나온 다음 기술직으로 평생 일하던 사람이라 계산대에 서보는 것은 처음이었다. 오랫동안 다른 편의점에서 아르바이트 중인 아내에게 "편의점 알바 정도는 할 수 있을 텐데?" 하고 등 떠밀려 지원한 것이라 말했다.

나이를 생각해서 어렵겠다 싶었지만 꼭 좀 써달라는 부탁에 못 이겨 주 3일 알바로 고용했다.

무라타 씨는 사람이 좋아 금세 손님들에게 호감을 샀지만, 좀처럼 업무에 익숙해지지는 못했다. 일단 계산대에 서면 "라르크, 어떻게 뽑아요?"[5]라거나 "소피아 줘"[6] 등등…… 속사포처럼 쏟아지는 주문에 허둥대는 것이 고작이었다.

마침 고등학생이었던 아들의 학교 친구 몇 명이 아르바

이트를 해주던 시기였다. 다들 자기 아버지와 비슷한 연배라 무라타 씨에게 몇 번이나 같은 질문을 받아도 친절하고 끈기 있게 가르쳐주었다.

2개월이 지나고 무라타 씨가 대체로 업무에 익숙해질 무렵이었다.

손님에게서 공과금 대행 수납 의뢰를 받은 무라타 씨가 어떻게 해야 할지 몰라 계산대에서 우왕좌왕하고 있었다. 같은 타임에서 근무하던 알바 여학생이 상품을 선반에 진열하면서 "이제 좀 대행 수납 정도는 알아서 하셔야죠!" 하고 언성을 높이고 말았다. 대행 수납 용지는 지불하는 방법과 발행되는 지역에 따라 종이가 제각기라 계산대에 익숙한 사람이 아니면 혼란스러운 것도 당연하지만 여학생의 심정도 모르는 바가 아니었다…….

마침내 무라타 씨가 모든 업무를 혼자서 처리할 수 있게 되어 믿음직스러운 전력으로 활약할 즈음, 본업인 제조업 경기가 회복되어 공장이 생산을 재개하면서 편의점을 그만두었다.

마지막 날, 무라타 씨가 말했다.

"편의점 일이 이렇게 힘든 줄은 몰랐습니다. 면접에서 계산대에 서본 적 없는 40대는 적응하기 어려울 거라는 말을 들었을 땐, 내심 편의점 알바쯤이야 하고 우습게 봤는데 실제로 해보고 무슨 뜻인지를 이해했어요."

2023년 현재, 편의점 업무 중에 익숙해지기까지 가장 시간이 오래 걸리는 건 지불 방법이다.

현금, 기프트권, 상품권, 선불카드, 신용카드, 포인트 지불, 체크카드, iD, Edy, WAON, T머니…… '○○페이'만 해도 패미페이, 페이페이, 라쿠텐페이, 메르페이, 퀵페이 같은 게 있고 카드를 읽히는 방법도 기계에 대거나, 긁거나, 스캔하거나, 비밀번호를 누르는 등…… 가지각색이다. 그리고 골치 아픈 게 계산대에 선 사람이 눌러야 할 버튼[7]도 다 다르다는 것이다. 이건 나이 문제가 아니라 젊은이들조차 전부 익힐 때까지 골머리를 앓는다.

계산할 때 이어폰으로 귀를 막은 젊은 여성이 "카드"라고만 하더니 쥐고 있던 카드를 대뜸 기계에 끼워넣은 적이 있었다. 내가 조작하기 전에 집어넣어버려서 '인식 불능'이라는 표시가 떴다.

"죄송합니다. 카드를 한번 빼주실래요? 여기서 버튼을 눌러야 기계가 작동하거든요."

"……."

이어폰을 끼고 있는 상태여서 내 목소리가 들리지 않는지 반응이 없었다. 다시 한번 큰 소리로 "카드를 빼주실래요?" 하고 부탁했다.

그제야 겨우 알아챈 손님이 치, 하고 혀를 찬 다음 불쾌하다는 듯 카드를 뺐다.

"신용카드로 지불하시는 건가요?"

"아니, 포인트!"

"포인트로 지불하시나요?"

"말했잖아, 지불은 페이페이인데 T카드에 포인트 적립해달라고!"

손님, "카드"라는 한마디에 거기까지 이해하길 바라시다니, 너무하시는 거 아닙니까!

1 무엇이 어디에 있는지

편의점에는 일반적으로 3000가지의 아이템이 있다고 한다. 손님이 매장 어디에 상품이 있는지 물었을 때, 그 자리에서 대답하지 못하면 편의점 근무자로서 자격 미달이다. 그러니 평소부터 검품과 진열은 물론, 선반의 상품들을 입고순으로 정면이 보이게끔 정리하고, 선반 청소를 하면서 어디에 뭐가 있는지 자연스럽게 파악할 수 있도록 한다.

2 반찬 보관 장소

늘 스무 가지 이상의 반찬이 갖춰져 있고, 매주 라인업이 바뀌기도 한다. 반찬별로 요리하는 법, 꺼내는 법, 곁들임 소스까지 전부 기억해둬야 한다.

3 택배

패밀리하트의 연계 택바사인 야마토택배의 경우 일반적인 택배 말고도 '택배 콤팩트', '골프 택배', '스키 택배', '공항 택배', '왕복 택배'가 있고 거기에 '착불'이냐 '선불'이냐는 물론 장소, 시간까지 물으며 진행한다. 포장하지 않으면 택배 회사가 회수하지 않으므로 정해진 봉투를 사도록 권유하기도 한다. 정해진 봉투가 아니어도 되는 짐일 경우 대략 크기를 보고 종이봉투나 포장지를 공짜로 제공한다. 그리고 몇 센티미터 작으면 하나 아래 크기로 보낼 수 있는 경우, 손님에게 물어본 다음 테이프로 압축시켜 작게 만들기도 한다.

4 레터 팩

레터 팩에도 두께 3센티미터, 무게 4킬로그램 이하면 '레터 팩 라이트', 두께 3센티미터 이상, 무게 4킬로그램 이하면 '레터 팩 플러스', 두께 2센티미터 무게 1킬로그램까지는 '스마트 레터'처럼 종류가 다양하다.

5 라르크, 어떻게 뽑아요?

'라르크'란 록 밴드 '라르크 앤 시엘'의 약칭이다. 어떻게 뽑냐는 질문은 매장에 있는 멀티프린터에서 티켓 발권하는 법을 묻는 것이다.

6 소피아 줘

'소피아'는 담배 이름. 같은 이름의 록 밴드도 있어서 손님 연령과 풍채로 '록 밴드'를 말하는 건지 '담배'를 말하는 건지 판단해야 한다. 최근엔 손님에게서 "도리벤 아크스타 있어?"라는 질문을 받은 적이 있다. '도리벤'이란 만화 잡지 『주간 소년 매거진』에 연재된 인기 작품 『도쿄 리벤저스』의 약칭인데, 애니메이션이 텔레비전에서 방영되고, 실사판 영화도 만들어졌다. '아크스타'란 아크릴 스탠드의 약칭이다.

7 계산대에 선 사람이 눌러야 할 버튼

2, 3년 전에는 버튼 누르는 순서까지 세세히 정해져 있어서 포인트 카드로 지불한

다음 부족한 금액을 현금으로 지불하지 못했고, 카드 안에 잔액이 부족하면 그 자리에서 충전하지 못해 처음부터 다시 시작해야 하는 문제가 많아 골머리를 앓았다. 지금은 상당히 개선되어서 순서까지 세세히 기억하지 않더라도 버튼으로 변경할 수 있어 훨씬 편해졌다.

'편의점 회계'의 구조

폐기 로스는 괴로워

2009년 공정거래위원회가 편의점 업계 최대 기업인 세븐일레븐의 본사에 대해 가맹점들에 걸어둔 할인 제한을 개선하라고 시정 명령을 내렸다. "도시락, 삼각김밥 등을 유통기한 전에 할인해 판매하는 것을 금지하지 말라"는 것이었다.

이것이 무엇을 뜻하는지 설명하기 위해서는 편의점의 수익 구조가 어떻게 돌아가는지를 먼저 짚고 넘어가야 할 필요가 있다.

편의점 본사는 매장에 결품이 생기는 것을 극도로 싫어한다.[1] 이에 맞춰 모든 매장에 어떠한 상품도 떨어지지 않도록 하는 것이 본사가 가맹점에 하달하는 기본 지침이다. 손님이 무엇 하나 결품 없는 선반에서 원하는 물건을 골라 사는 것이 본사가 원하는 이상적인 매장의 모습이다.

하지만 그 상태를 실현하기란 너무나 어려운 일이다. 이상적인 매장을 유지하려면 당연히 재고 상품이 많아진다. 이걸 편의점 업계에서는 '폐기 로스'[2]라고 한다. 그리고 이 폐기 로스는 본사가 아니라 가맹점 점주가 부담해야 하는데 편의점 점주들의 커다란 골칫거리 중 하나다.

지금부터 여러분이 편의점 점주의 입장이 되어 같이 고민해주셨으면 한다.

점주인 당신이 원가 70엔짜리 삼각김밥을 10개 주문했다고 치자.

손님에게는 개당 100엔에 판매하는데 8개가 팔리고 2개가 남았다. 매상으로는 꽤 준수한 편이다.

-매출: 100엔×8개=800엔

-원가: 70엔×10개=700엔

-총이익: 800-700엔=100엔

우리 가게 로열티가 48퍼센트이므로 이걸 계산한다.

-본사에 지불하는 로열티: 100×48%=48엔
-가게 이익: 100엔-48엔=52엔

삼각김밥 8개를 팔아서 본사에 48엔을 지불하고 우리는 52엔의 이익을 얻은 것으로 보인다.

그런데 그렇지가 않다. 이른바 '편의점 회계'라 불리는 독특한 계산법이 적용되는 것이다. '편의점 회계'에서는 '폐기분을 원가에 포함시키지 않는다'는 규칙이 있다. '팔다 남은 것'은 원가에 들어가지 않는다는 뜻이다.

그렇다면 '편의점 회계'에 맞춰 방금 다시 계산해보자.

-매출: 100엔×8개=800엔
-원가: 70엔×8개=560엔
-총이익: 800-560엔=240엔

여기에 로열티 48퍼센트를 끼워 넣는다.

-본사에 지불하는 로열티: 240엔×48%=115.2엔

-가게 이익: 124.8엔

언뜻 보기엔 본사 로열티와 매장 이익 모두 큰 폭으로 늘어나 '윈윈'처럼 느껴진다. 하지만 '폐기 로스'는 전액 가맹점이 부담해야 한다는 점을 간과해서는 안 된다.

다시 말해 우리 가게 이익 '124.8엔'에서 폐기로 처분한 주먹밥 2개의 원가 '140엔'을 빼야 한다는 계산인데, 그러면 오히려 15.2엔의 손실이 발생한다.

삼각김밥을 10개 발주해 8개 팔고 2개를 폐기 처분할 경우, 우리 가게는 15.2엔을 손해보게 되는 것이다. 다만 본사 로열티만은 늘어난다는 구조다.

현명한 점주인 당신이라면 분명 이렇게 생각할 것이다.

"폐기 처분할 바에는 할인을 해서라도 다 팔아버리자."

하지만 본사는 할인 판매를 인정하지 않는다.[3] 할인 판매를 하려고 하면 '계약 위반'이라며 가맹점에 경고를 준다. 공정거래위원회의 개선 명령은 본사가 가맹점에 이런 경고를 하지 말라는 뜻이다.

대기업 편의점 체인 본사 중에는 대량으로 상품을 발주하도록 가맹점에 압력을 가하는 곳도 있다고 한다.

그렇다면 패밀리하트와 계약한 우리 가게는 어떨까?

경영 기간이 긴 덕분인지, 본사 지도를 받을 때 강제성과 압박은 느껴지지 않는다.

과자와 잡화류는 2기 중반부터 반값 처리를 할 수 있게 되었지만, 도시락, 삼각김밥, 샌드위치와 같은 음식들의 할인은 2020년 무렵까지 절대 허용되지 않았다. 그런데 최근 1~2년 사이, 이 부분 역시 완화되기 시작하면서 지금은 SV가 '10엔 할인', '20엔 할인', '50엔 할인', '100엔 할인' 스티커[4]를 가져와 "열심히 붙여서 다 팔아 치웁시다!" 하고 오히려 할인을 부채질한다. 내가 아는 한, 패밀리하트 가맹점에서 본사에 도시락과 삼각김밥 가격 할인을 허가해 달라고 교섭했다는 말은 들은 적이 없다.

발주 담당자(우리 가게에서는 남편)는 요일, 날씨, 지역 행사, 작년까지의 매출 데이터 등을 근거로 발주를 넣는다. 도시락처럼 판매 기한이 짧은 상품은 하루 3회 발주하므로 어느 시간대에 무엇이 얼마나 팔릴지를 잘 예상해서, 어지간하면 폐기 로스가 나오지 않도록 조정한다.

점심시간 피크를 지난 오후 2시부터 다음 도시락이 들어오는 2시 30분까지 30분 동안 선반이 거의 텅 빈 적도 있다. 남편은 자신의 발주 철학에 책임감과 자부심을 갖고 있는데, 그럴 만하다고 생각한다.

본사가 발주를 강제하는 바람에 팔릴 것 같지도 않은 상품을 억지로 잔뜩 매입하고 '폐기 로스' 부담[5]까지 떠안아야 한다면 가맹점이 반발을 하는 것도 당연하다.

1 매장에 결품이 생기는 것을 극도로 싫어한다
본사는 상품에 결품이 생겨 손님이 사지 못하는 상황을 '기회 로스'로 여긴다. 기회 로스가 손님을 떠나게 하고 손님이 떠나게 되면 판매량이 감소한다는 것이 본사의 주장이다. 또 상품이 꽉 찬 상태로 진열되면 손님의 구매 욕구를 자극해, 매출로 이어진다고 강조한다. SV는 종종 "폐기는 투자입니다"라고 말했다.

2 폐기 로스
환경성이 발표한 「슈퍼 및 편의점의 식품 폐기물의 발생량, 발생 억제 등에 관한 공표 정보 개요」(2013년 발표)에 따르면, 각 편의점 1개 매장에서 하루당 음식물쓰레기 발생량은 세븐일레븐 14.7킬로그램, 로손 15.2킬로그램, 패밀리하트 15.9킬로그램이다. 모든 점포를 합하면 세븐일레븐 5.8만 톤, 로손 4.6만 톤, 패밀리하트 4만 톤으로 경악할 만한 양의 식품이 폐기되고 있다.

3 본사는 할인 판매를 인정하지 않는다
본사가 할인 판매를 인정하지 않는 것은 브랜드 이미지를 유지하기 위해서이기도 하다. "하나라도 가격을 낮추면 상품의 가치 자체가 떨어지면서 손님은 할인을 기다리게 됩니다. 손님 레벨도 낮아지고요. 슈퍼가 아니니까 편의점에서는 도시락과 삼각김밥을 절대 싸게 팔아서는 안 됩니다." SV의 말이 귀에 붙어 떨어지지 않는다.

4 스티커
'에코 스티커'라 불리며 기한이 임박한 상품 혹은 계절이 바뀌면서 선반 리뉴얼을 할 때 내치는 상품 등 무엇이든 자유롭게 매장 판단에 맞춰 붙일 수 있게 되었다. 지금까지 선반 깊숙이 손을 집어넣어 새로운 상품을 사던 손님이 '에코 스티커'를 붙인 맨 앞줄의 삼각김밥과 빵을 사 가게 되었다. 폐기품이 훨씬 줄어들었다.

5 '폐기 로스' 부담
이 글을 쓰고 있는 2023년 현재에는 본사가 '폐기 로스 부담금' 명목으로 보조를 해주고 있다. 각 점포가 월액 폐기 로스 금액이 10~30만 엔 미만일 경우 10퍼센트, 30만 엔 이상일 경우 15%의 보조금을 준다. 본문의 계산에 끼워 맞추면 삼각김밥 10개를 발주해 8개가 팔리고 2개를 폐기해야 할 경우 (월 폐기 로스가 30만 엔이라고 쳤을 때) 주먹밥 2개 가격인 140엔의 10퍼센트(14엔)에 해당하는 보조금을 받는다.

화장실 무단 점거

열 명이 달려들어야 했던 시끌벅적 대소동

일요일 아침 7시, 남편에게서 연락이 왔다.

"새벽 4시쯤 여자 화장실에 젊은 여자가 들어간 뒤로 안 나오는데……."

나는 당장에 가게로 달려나갔다. 가게에 도착하자마자 여자 화장실 문을 두드려보았는데 반응이 없었다. 쓰러졌으면 큰일이다 싶어 "손님, 괜찮으세요?" 하고 물었다.

"괜찮아요!"

의외로 씩씩한 대답이 돌아왔다.

"새벽 4시부터 들어가셨다는데, 이제 좀 나와주세요."

"안 돼요!"

사무실에 들어가 CCTV 영상을 확인했다. 영상에 담긴 화장실 농성자의 정체는 정신 장애가 있어 보이는 젊은 여성이었다. 나는 그녀를 본 적이 있었다. 항상 혼자 오는데도 보이지 않는 누군가와 대화를 하며 대량으로 물건을 사 가는 단골이었다.

실은 우리 가게에서 800미터 떨어진 곳에 정신과 병원[1]이 있다. 500병상이나 수용하는 비교적 큰 시설인데, 그 병원에서 가장 가까운 편의점이 우리 가게다.

영상을 돌려보니 그녀는 새벽 1시가 지났을 때 가게에 들어와 비닐봉지 4개에 음식을 가득 구입하고 입구 쓰레기통 앞에서 방금 산 그 음식들을 정신없이 먹어치웠다. 게 눈 감추듯 식사를 마치고 다시 가게로 들어온 것이 새벽 2시였는데, CCTV에는 화장실로 직진하는 모습이 찍혀 있었다. 그후 움직임이 없다. 그렇다면 새벽 2시부터 아침 7시가 지나도록 화장실에서 나오지 않았다는 말이었다. 비상사태라 판단하고 바로 경찰에 전화해 도움을 요청했다. 그리고 자주 연락을 주고받는 민생위원(지역 주민 중에서 선발되어 주민들의 생활을 지원하거나 상담 활동을 하는 사회봉사자.—옮긴이) 이시베 씨에게도 와달라고 부탁했다.

20분 정도 지나 남자 경찰관 두 명이 찾아왔다.

"여성 경찰관분이 와주실 순 없을까요?"라고 묻자 그들은 난처한 표정으로 "저희 관할서엔 없어서요…… 바로 ××서에 요청하겠습니다."

결국 그로부터 1시간 후, 여성 경찰관 한 명을 포함한 경찰 네 명이 합류했다. 비번이었던 인근 파출소 순경 히메노 씨와 민생위원 이시베 씨까지 달려와 나와 남편을 포함해 도합 열 명이 좁은 가게 안에 북적거리며 대기하게 되었다.

경찰차 여러 대가 주차장에 세워진 모습을 보고 흥미진진한 표정으로 손님들이[2] 모여들었다. 다들 시치미를 떼고 물건을 고르는 척하면서도, 대체 무슨 일이 일어나고 있는지 궁금해 경찰관이 모여든 화장실 근처로 고개를 길게 내밀고 있었다.

히메노 씨는 영상을 보더니 바로 그 자리에서 "아, 니시자키 미에코 씨다" 하고 소리쳤다.

니시자키 씨, 32세, 독신, 무직, 연고자 없음. 생계 급여를 받으며 정신과 병원에 다니고 있다. 동네 사정에 빠삭한 히메노 씨 덕분에 주소도 그 자리에서 알아냈다.

"구급차를 불러 데려가달라고 하는 건 어떨까요?"

"구급차는 본인이 병원에 가겠다는 의사를 밝히지 않으면 강제로 태울 수 없어요."

내 제안은 그 자리에서 기각되었다.

"니시자키 씨, 얘길 좀 들어봐요. 소변이 안 나오는 건 병이라서 그런 거니까 병원에 데려다줄게요. 같이 가요."

화장실 밖에서 히메노 씨가 타일렀지만, 화장실 안의 니시자키 씨는 언짢은 기색이었다가 점차 흥분하기 시작해 욕지거리를 뱉기에 이르면서 상황은 더 나빠지기만 했다.

민생위원인 이시베 씨가 방법을 의논하기 위해 사회복지협의회에 문의 전화를 했다.

"있잖아요, 항상 문제만 생기는 그 △△동 패밀리하트!"

그 말을 듣고 남편은 쓴웃음을 지었다.

드디어 나는 경찰관에게 불려가 "지금부터 보호 조치를 취할 테니까, 같이 안으로 들어가주세요" 하는 말과 함께 고무장갑을 건네받았다. 남편이 마이너스 드라이버로 문을 땄고 안에서 잠그려는 것을 경찰관이 문틈에 발을 집어넣어 저지하자 그 틈을 타 여성 경찰관과 내가 안으로 들어갔다.

"이 집 화장실은 늘 깨끗해"[3]라는 칭찬을 자주 받는 우리 가게 화장실이 바닥부터 벽까지 오물로 범벅이었고, 강렬한 설사 냄새가 가득차 있었다.

그녀는 하반신을 그대로 드러낸 채 변기에서 일어서려 들지 않았다. 경찰관과 둘이서 잡아당겨봤지만, 그녀도 힘을 꽉 주고 변기에서 떨어지지 않으려 안간힘을 썼다. 우리 힘으로는 니시자키 씨를 끌어낼 수 없었다.

그러자 그때까지 자상했던 경찰관들이 거친 파도처럼 밀려들어와 싫다며 소리지르는 그녀를 여섯 명이서 끌어냈다.

"빨리 일어서지 못해!"

2시간이나 우는 아이를 어르고 달래듯 했던 건 마치 거짓이었다는 듯 모두가 무시무시한 목소리로 고함치더니 순식간에 가게 밖으로 데리고 나갔다. 가장 젊은 경찰관이 되돌아오더니 미안한 표정으로 "가게에서 제일 큰 비닐봉지 한 장 주실 수 있을까요?"라고 물었다.

온몸에 설사가 묻은 그녀를 비닐로 감싸 순찰차에 태우기 위해서라고 했다. 나에게는 화장실 청소가 기다리고 있었다. 우리 둘 다 연민의 표정을 지으며 서로의 얼굴을 바라보았다.[4]

1 **정신과 병원**
좀도둑을 잡아보면 이 병원 통원 환자일 경우가 많았다. 경찰에 통보해도 정신 질환이니 어쩌겠느냐, 다음에 오거든 입구에서 들어오지 말라고 거절하라면서 어물쩍 넘어가기도 했다. 두 번 다시 이 매장에는 오지 않겠다는 각서를 쓰고도 다음날, 아무렇지 않게 나타나 물건을 훔쳐 가는 경우도 있었다.

2 **흥미진진한 표정으로 손님들이**
개중에는 무슨 일이냐고 직접 묻는 손님도 있었다. 주위 손님들도 귀를 쫑긋 세우고 있다는 것을 감지한 나는 큰 목소리로 상황을 설명했다. 그러자 가게 안 몇 명이 고개를 끄덕였다. 그 일을 몇 번이나 반복했다.

3 **이 집 화장실은 늘 깨끗해**
이전에 화장실에 위생용품을 비치해뒀던 시기가 있었다. 면봉, 손톱깎이, 티슈, 브러시 등등. 단골에게서는 칭찬받았지만 비치품들이 차례차례 깡그리 사라지는 일이 빈번하게 발생했다. 채워두면 채워두는 족족 없어지는 통에 부질없는 짓 같아서 그만두었다.

4 **서로의 얼굴을 바라보았다**
나중에 경찰에게서 니시자키 씨가 입원 조치를 받았다는 연락이 왔다. 그후에도 니시자키 씨는 입원과 퇴원을 반복했고 지금도 우리 가게 단골이다.

없어서는 안 될 존재

SV의 대활약

매장 운영에 대해서는 아무것도 모르는 완벽한 초짜인 편의점 점주를 도와 가게를 꾸려 나갈 수 있게 도와주는 직책이 슈퍼바이저(SV)다.

일반적으로 가게를 오픈할 때쯤이면 점주들은 대략적인 연수를 모두 수료하고 전화번호부처럼 두꺼운 매뉴얼을 받은 상태다. 하지만 실제 업무는 너무나 복잡하고 그에 따른 컴퓨터 시스템도 복잡해서 익숙해질 때까지 시간이 꽤 걸린다.

오픈 당시, 모르는 것투성이었던 내가 두꺼운 매뉴얼과 씨름하며 끙끙대고 있을 때, 남편이 옆에서 이렇게 말했다.

"그렇게 어려운 설명서를 읽지 말고 SV한테 물어보면 되잖아. 이럴 때 쓰라고 비싼 프랜차이즈 비용을 내는 거지."

그의 말대로 남편은 툭하면 바로 SV에게 전화를 걸어 묻곤 했다. 우리가 패밀리하트와 계약을 체결했을 때는 직영점에서 2년 이상 점장 경험을 한 사람이어야만 SV가 될 수 있었고, 그 경험을 토대로 각 매장에 배치[1]되었다.

그들은 컴퓨터 시스템을 확실하게 파악하고 있었고 팔리는 상품이 어떤 건지 구분하는 법, 과자 발주와 잡화 발주의 차이, 팔고 싶은 상품 판매 전략, 진열 방법, 재고 관리, 반품 기준, 아르바이트 채용과 육성 방법 등등 모르는 게 없어서 물어보면 곧바로 대답이 돌아왔다. 다들 구체적으로 지도해주었는데, 설명은 알기 쉬웠고 말에는 설득력이 있었으며 무엇보다 친절했다.

"그럼 우선 삼각김밥 발주를 해봅시다. 내일 날씨와 낮기온[2]을 확인해보세요."

"맑음, 일기예보에는 28도로 되어 있는데요."

"오늘이 23도고 내일이 28도면, 갑자기 더워진 거니까 삼각김밥보다 샌드위치가 더 잘 팔리겠군요. 삼각김밥은 오늘보다 좀 덜 주문하고 샌드위치를 더 주문하면 어떨까요? 근처에서 무슨 행사가 있는지 알고 계신 게 있나요?"

"바로 근처 유치원에서 생일 파티가 있다고 단골한테 들었습니다."

"몇 시까지 하는지, 어떤 행사인지, 자세히 아시나요?"

"지역 노인회 할아버지랑 할머니 들도 과자를 들고 참가하신다고 하더군요. 오전 중에 마친다고도요."

"그럼, 집에 가기 전에 가게에 들러 점심을 살지도 모르겠네요. 도시락은 좀더 많이 주문할까요?"

대부분의 SV가 "그래요, 저도 그런 경험이 있습니다. 그런 일이 있으면 정말 힘들죠" 하면서 함께 고민하고 제안하고 가르쳐주었다.

낯을 가리고 경계심이 강하고 융통성 없는 나와 달리 누구에게나 마음을 터놓고 얘기할 수 있는[3] 남편은 매주 두 차례 방문하는 SV와 몇 시간이나 얘기를 나눴다.

매출과 상관없는 이야기라도 가게에서 일어난 이런저런 일들을 SV에게 시시콜콜 털어놓았다.

"며칠 전에 바로 앞 횡단보도를 웬 할머니께서 계속 왔다갔다하셔서, 얼마나 위험천만하던지……."

"횡단보도를 다 건너지 못하신 건가요?"

"파란불에 건너려고 하는데 깜빡이면 다시 돌아오고…… 아무래도 치매이신 것 같아서 근처 파출소 순경한테 전화했어요."

"그래서 경찰관이 와주셨어요?"

"그대로는 위험하니까 가게에 들어오시라고 했더니 멋대로 집에서 나온 걸 알면 아들한테 꾸중을 들으니 집에 가시겠다면서 나가려는 거예요. 어쩔 수 없이 의자를 가게 한가운데 놓고 거기 앉으시라 했죠."

"그랬더니 얌전히 앉아 계시던가요?"

"사탕이랑 젤리 같은 걸 보고 있으면 안심하실 것 같아 과자 선반 쪽에 앉으시라 했더니, 가만히 앉아 계셨어요."

매사가 이런 식이니 미팅이 빨리 끝날 리 없다.

남편이 자리에 없을 땐 내가 SV를 상대했다. 그러면 SV와의 대화가 5분이면 끝났다.

장시간 미팅 덕분인지 남편은 담당 SV와 친구처럼 사이가 좋아져 완전히 자기편으로 만들었다.

근처에 폐업하는 매장이 있으면 눈치 빠른 SV는 우리 집에 쓸모가 있을 만한 것들을 멋대로 골라 가져다주곤 했다. 진열대, 의자, 선반, 걸개, 집게 등등, 그렇게 받은 물건이 한둘이 아니다.

어느 날 SV가 남편 귓가에다 소곤거렸다.

"사장님, 10일 오후 1시부터 2시 사이에 아무아무점으로 오세요. 원하는 건 뭐든 다 가져가셔도 됩니다."

아무아무점은 폐업하기로 결정된 매장이었다. 폐업할 때 리스 물건은 반납하지만 그 매장이 구입한 것은 폐기 처분할 수밖에 없다. 뭐든 가리지 않고 폐자재로 처리돼 대형 트럭에 처박히는데, 그전에 원하는 건 가져가도 좋다는 뜻이었다. 사실 규칙 위반이겠지만, 그렇게 융통성을 발휘해주는[4] SV의 마음이 고마웠다.

매장을 오픈하고 몇 년 동안 SV는 파릇파릇한 풋내기 점주인 우리에게 없어서는 안 될 존재였다.

1 각 매장에 배치
SV는 최소한 일주일에 두 번 담당 매장을 방문하도록 약관에 명시되어 있었고 사정이 있어서 오지 못할 때는 미리 전화로 연락하고 날짜를 변경하게 되어 있었다.

2 날씨와 낮 기온
매출은 날씨에 좌우된다. 더울 땐 찬 음료가 대량으로 팔리고 추울 땐 방한구와 일회용 핫팩, 조금 더워질 무렵엔 아이스크림 중에서도 크림 계통의 매상이 오른다. 이때까지는 요구르트와 디저트도 잘 나가지만 본격적으로 더워지면 아이스크림은 '가리가리군'과 같은 빙과류가 잘 팔리고 달콤한 디저트는 판매량이 확 줄어든다. 음료수도 맛이 강한 것 대신 단맛이 덜하고 물에 가까운 음료나 차 종류가 많이 나간다. 음식물은 도시락류의 판매량이 줄어들기에 냉면 코너를 크게 확장시킨다. 폭염인 날이면 해가 떠 있을 땐 사람들이 아예 밖에 나다니지 않는다.

3 누구에게나 마음을 터놓고 얘기할 수 있는
손님이 남편에게 어쩌다 길이라도 물었다 하면 길 안내에서부터 시작해 그 지역 이름의 유래와 근처에서 일어난 일까지 시시콜콜 늘어놓는다. 처음에는 남편의 친절함에 미소를 짓지만, 이내 굳은 표정으로 맞장구치면서 출구를 향해 조금씩 뒷걸음질하는 손님의 모습을 얼마나 여러 번 목격했는지 모른다.

4 융통성을 발휘해주는
우리 매장을 담당했던 SV들과는 그들이 다른 지역으로 이동하게 된 후에도 전화를 주고받으며 오랜 인연을 유지했다. 지금 담당자가 처리해주지 못하는 일도 이전 담당자에게 전화하면 어떻게 해야 할지 가르쳐주거나 융통성을 발휘해주기도 했다.

어느새 감시관이 되다

변해가는 SV

오픈한 지 5년 정도가 지나고 우리도 어느 정도 일에 숙달되었을 즈음, 찾아오는 SV의 타입이 변했다. 젊은이들이 본사 지시를 상명하달식으로 전달하러 찾아왔다.

어느 날 찾아온 20대 중반쯤 되어 보이는 키 큰 SV는 가게에 들어오자마자 아무런 설명도 없이 상품 진열대에 붙인 POP를 하나하나 뜯어냈다. 그 POP들은 내가 직접 상품 판매 문구를 써서 붙여놓은 것이었다.

"손 글씨 POP[1] 따위, 멋대로 붙이지 좀 마세요. 싸구려 같잖아요."

POP를 전부 떼어낸 SV가 나를 내려다보며 말했다.

"전국 패밀리하트에선 가게 안으로 들어오면 이 위치에 이 상품이 있다, 이런 식으로 통일이 되어 있습니다. 멋대로 굴지 마시라고요!"

말투가 너무나 거칠어 주눅이 들었다.

이 무렵, 이전처럼 SV가 되려면 2년 이상 점장 경험을 거쳐야 한다는 규정이 없어졌다고 한다. 불과 몇 개월 점장 생활[2]을 한 후 바로 SV가 된 그들이 본사 지시를 곧이곧대로 전달하러 가게에 찾아오는 것이다.

본사 관리는 점점 더 우리를 옥죄었고, 독자적인 POP는 물론, 전단지나 포스터 한 장도 SV가 더욱 엄격히 관리하게 되었다.

그때까지 우리 가게에서는 "고양이가 없어졌지 뭐야. 고양이 찾는다는 전단지 좀 붙여도 될까?", "주민회 봉오도리(여름 8월 15일 전후로 오봉 명절 때 추는 춤.—옮긴이) 포스터 좀 붙여도 될까?" 같은 이웃들의 부탁에 따라 전단지를 놓거나 포스터를 붙이곤 했다.

하지만 그런 걸 멋대로 가게에 붙이지 말라며 치우라는 소리를 듣게 되었다. 꼭 해야겠다 싶을 땐 본사에 부탁을 해서 어디다 붙여야 하는지까지 엄격하게 지시를 받았다. 이웃이자 단골인 분들께 부탁을 받고 "그럼요"라며 선뜻 대답할 수 없게 된 것이다.

SV가 몇십 개나 되는 확인 항목이 적힌 용지를 들고 와 '복장 상태', '접객 태도', '말투', '매장 안 청소 상태', '포스터, 전단지 배치' 등등을 시시콜콜 확인하도록 되어 있었다. '복면 체크'라는 명목으로 얼굴도 모르는 인간이 예고 없이 찾아와, 가게 상황을 조사하고 가기도 했다.

후일, 가게로 찾아온 SV가 확인 항목표를 꺼내 보이면서 말했다.

"우선 5월 15일 오후 5시경, 매장에 들어왔을 때 인사를 하지 않았습니다. 또한 그 시점에 가게 앞 쓰레기통이 꽉 차 있었고요."

그날 일은 아주 잘 기억하고 있었다. 평소보다 손님이 많았던 날, 특히 바빴던 시간대였다. 이런 식으로 체크를 당한다면 바쁜 매장일수록 평가가 낮게 나오지 않을까?

처음에는 소중한 아군이었던 SV가 어느새 감시관[3]이 되었다는 느낌이 들었다.

1 손 글씨 POP
나는 원래 유치원 교사 출신이어서 귀여운 일러스트를 그리거나 읽기 쉬운 손 글씨를 쓰는 게 특기였다. 내가 가장 자신 있는 일이기도 했다. 손님에게 칭찬을 받을 때도 많았다. 결코 싸구려 같은 손 글씨 POP가 아니었다.

2 불과 몇 개월 점장 생활
몇 개월 경험했다고 해서 매장 업무 전체를 파악할 수 있을 리 없다. 예상대로 무슨 질문을 해도 항상 그 자리에서 본사에 전화를 걸어 물어보곤 했다.

3 어느새 감시관
본사에서는 인사말을 '어서오세요, 안녕하세요', '감사합니다, 또 와주세요'로 규정한 뒤 손님 한 사람 한 사람에게 모두 인사를 확실히 하는지 손님을 가장해 몰래 확인하곤 했다. 본사의 감시를 받으며 혀를 깨물 것 같은 인사를 반복하다보니, 영혼이 전혀 깃들지 않은 인사를 사무적으로 반복하고 있는 내 모습을 발견했다.

신문 투고를 할 때는……
생각지도 못한 꾸중

단 하루도 쉬기 힘든 생활 속에서도 내겐 한 가지 즐거움이 있었다. 바로 신문 투고다.

일상의 소소한 것들을 글로 써서 신문에 투고했더니 그 글이 채택되어 신문에 실렸고 3000엔을 우편으로 받았다. 뜻밖의 용돈이 들어와 기쁘기도 했지만, 신문에 내 글이 실리고 많은 사람이 읽어준다는 즐거움이 더 컸다.

그 뒤로 일하는 사이사이 짬을 내서 글을 쓰고 신문에 투고했다. 실릴 때도 있었고 실리지 않을 때도 있었지만, 편의점 업무와는 전혀 다른 일을 한다는 게 확실한 기분 전환[1]이 되었다. 신문에 실린 내 글을 잘라 스크랩해서 보관하곤 했다.

어느 날 가게에 찾아온 마음 약해 보이는 SV가 조심스럽게 입을 열었다.

"매니저님, A신문에 투고하고 계시죠?"

"어떻게 아세요?"

처음에는 그가 우연히 신문에서 내 이름을 발견하고 소소한 대화를 나눌 겸 말을 꺼낸 줄 알았다. 내 글이 그의 눈에도 띄었구나 싶어 기쁜 나머지 목소리 톤이 올라갔다.

그러나 그는 미안한 기색을 보이면서도 완강한 태도로 이렇게 말했다.

"매장에 대해 쓰셨죠? 그런 걸 쓰실 땐 미리 본사 승낙을 받으시지 않으면[2] 곤란합니다."

얼굴이 빨개졌다. 칭찬을 기다리고 있었는데, 꾸중을 들을 줄이야.

내 삶은 가게를 중심으로 돌아갔다. 평범한 하루하루의 일상이 모두 가게와 관련된 것들뿐이었다. 가게에서 있었던 일을 쓰지 않고는 내 일상을 이야기하는 것이 불가능했다. 험담이나 비판을 한 것도 아닌데, 본사가 이 지역 매니저에게 내 인물 조사 보고서를 요청했다고 했다. 지역 매니저의 지시로 SV가 내게 '주의'를 주러 온 것이었다.

다행히 당시 지역 매니저는 호탕한 성격의 인물이었다. 갈팡질팡 어쩔 줄 몰라 하는 본사에 자초지종을 설명해 상황을 진정시켰다고 했다.

"매니저님, 걱정 마세요."

지역 매니저로부터는 이런 전화를 받았다. 나에 대해서도 정확하게 평가하고 보고해서 불명예를 벗겨주었다.

하지만 나는 이 일로 완전히 흥이 깨지고 말았다. 그 이후로 신문 투고를 그만두었고 스크랩은 지금 장롱 깊숙이 잠들어 있다.

1 기분 전환
원래 소심하고 밖에 잘 나가지 않는 내가 매일 가게에 나가 불특정 다수의 사람과 접하는 건, 아무리 일이라고 해도 이만저만 스트레스가 아니다. 일하지 않는 시간에 집에 처박혀 책을 읽고 글을 쓰는 건 스트레스 해소에 크게 도움이 되었다. 특히 짧은 글을 정해진 글자 수에 맞춰 쓰는 것에 카타르시스마저 느꼈다. 마음이 힘든 분에게는 한 줄이라도 좋으니 지금 떠오르는 생각을 글로 써보면 훨씬 마음이 편해질 것이라고 권하고 싶다.

2 본사 승낙을 받으시지 않으면
이 책을 쓰기로 하면서 이 말이 가장 먼저 떠올랐다. 본사에서 승인이 떨어질 리 없다. 혹시 이 책을 읽고 아마도 내가 아닐까 추측하신 패밀리하트 사원분이 계시다면, 부디 속으로만 담아두시고 입 밖으로 꺼내지 말아주시길.

회사원이냐, 작업반장이냐
SV들의 미래 설계

2018년, 편의점 체인인 CK사가 패밀리하트와 합병하게 되었다. 그러자 재밌는 일이 벌어졌다. 담당 SV의 분위기가 확 달라진 것이다.

새로 우리 가게에 배정된 SV인 사쿠루 케이 씨는 원래 CK사의 사원이었다. 그는 이전까지의 패밀리하트 SV와는 완전히 달랐다.

그는 가맹점에 오면 우선 가게 안팎을 한 바퀴 순회했다. 기간이 지난 포스터와 전단지가 있으면 직접 떼어냈고, 비뚤어진 선반이 있으면 제대로 옮겨놓고, 더러운 데가 있으면 청소를 하고, 종업원이 힘들어하는 일이 있으면 달려가 도와주었다. 첫 번째 방문 때 가게 뒤쪽 공터에 자란 잡초를 발견하고는 두 번째 찾아왔을 때 낫을 챙겨와 직접 잡초를 베어주어서 깜짝 놀랐다. 그는 각 점포가 원활하게 운영되는 것을 최우선으로 생각하고 있었다. 그건 오픈 당시 신세를 졌던 패밀리하트의 SV와 상통하는 부분이었다.

사쿠루 씨만이 아니었다. 그후에 온 SV들 중 CK사 출신은 다들 그랬다.

CK사 출신 SV들이 일하는 모습을 보고 남편은 "패밀리하트 SV는 회사원이네. 구 CK사 출신 SV는 작업반장이야"라고 표현했다. 아주 적절한 비유였다.

2019년, 패밀리하트가 40세 이상의 사원을 대상으로 본사 직원의 10퍼센트에 해당하는 약 800명의 희망 퇴직자를 모집했다. 나는 신문을 통해 그 뉴스를 접했다.

기사에 따르면 패밀리하트는 조기 퇴직에 지원하는 800명에게 최고 2000만 엔의 조기 퇴직금과 재취직을 지원해주겠다고 공지했는데, 희망자가 당초 예정된 800명을 훨씬 웃돌았다고 쓰여 있었다.

본사 내부 사정을 우리가 알 수 있을 리 없었다. 하지만 지금까지 남편이 오랫동안 관계를 맺고 의지해왔던 SV들도 고심이 많았을 터였다. 남편과 사이가 좋았던 SV[1]는 출세를 중요하게 생각하는 타입이 아니라 "전 현장이 참 좋거든요" 하고 영업직에만 머물렀던 사람들이었다. 그들은 본사의 의향보다 가맹점의 입장을 우선하고 융통성을 발휘해준 사람들이기도 했다.

뚜껑을 열어보니 우리 가게 담당을 맡지 않게 된 후에도 남편과 연락을 주고받았던 사원들이 여러 명 그만두었다. 아무 말없이 조용히 사라진 사람도 있고, 어떤 마음으로 퇴직하게 되었는지 직접 들려준 사람도 있었다.

어떤 SV는 세 번째 아이가 생기자 아내에게서 장시간 회사에 얽매이지 않고 주말과 공휴일에 쉴 수 있으면서 육아에 도움을 줄 수 있는 직업으로 옮겨달라는 요청을 받아 퇴직을 결심했다고 한다.

이번 희망 퇴직자뿐만 아니라 도중에 그만둔 SV도 많이 알고 있다.

고등학교 야구선수였다던, 네모난 얼굴에 어깨가 떡 벌어져 박력 있던 나가오카 씨는 무척 친절한 사람이었다. 배정되어 온 첫날, "계절이 바뀌면서 선반 리뉴얼할 때 제가 돕겠습니다" 하고 말하더니 다음날부터 정말 잡화 선반 리뉴얼을 거들어주었다. 선반 리뉴얼을 도와준 SV는 처음이었다. 무척 기뻐했더니 "맡겨만 주십시오!" 하고 웃음을 지어 보였다.

그랬던 그가 어느 날 갑자기 모습을 감췄다. 다른 SV와 지역 매니저[2]에게 물어봐도 다들 말꼬리를 흐리기만 할 뿐 제대로 가르쳐주지 않았다. 나중에 친해진 SV에게 물었더니 과로가 너무 심해 번아웃이 왔다고 했다. 가맹점 점주뿐만 아니라 SV들도 과로로 힘든 건 마찬가지일지도 모른다.

2023년 현재, SV는 일주일에 한 번 찾아온다. 가게마다 찾아오는 요일이 정해져 있어서 문제가 일어나지 않는 한 같은 요일, 같은 시간대에 얼굴을 내민다.

지금 그들이 하는 일은 본사 방침을 전달하는 것뿐이다.

"계산대 다루는 건 평소와 같습니다. 스캔하면 자동적으로 할인에 맞춘 가격으로 바뀌고요. 할인권을 가진 분은 할인이 더 됩니다만, 그땐 바코드 스캔을 한 다음 할인권을 넣어주세요. 할인권을 먼저 입력하면 반응하지 않으니까요. 그럼 어떤 삼각김밥을 몇 개 발주할지[3] 정할까요?"

우리도 이제 산전수전을 겪은 베테랑 점주가 되었다. 우리가 처음 가게를 차렸을 때 태어난 신참 SV에게 물어봐야 할 질문 같은 게 있을 리가 없다.

"컴퓨터로 전달하면 끝나는 내용을 말하러 오는 SV는 슬슬 필요없어지겠지."

남편이 중얼거린다.

오늘도 SV는 5분 정도 있다가 얼른 자리를 떴다.

1 **남편과 사이가 좋았던 SV**
크리스마스 날, 직접 만든 산타 복장을 하고 찾아와 가게 분위기를 띄워주셨던 SV. 입춘 전날, 신사와 의논해 신사 안에서 출장 판매로 함께 에호마키(두껍게 만 김초밥으로, 일본에서는 입춘 전날에 그해 운수가 좋은 방향을 보며 썰지 않고 통째로 한 줄을 다 먹는 풍습이 있다.—옮긴이)를 팔아준 SV. 얼마나 많은 도움을 받았는지 모른다.

2 **다른 SV와 지역 매니저**
우리가 가게를 오픈하고 30년 동안, T현을 담당하는 임원과 지역 매니저 중에 여성은 단 한 사람도 없었다. SV 중에 여성이 한 사람 있었을 뿐이다. 그분도 직장에서 만난 사람과 결혼해 퇴사했다

3 **몇 개 발주할지**
발주는 도박이다. 비만 내려도 손님 수가 줄고 매출이 줄어든다. 일기예보를 보고 실제 몇 시부터 비가 내리는지 신경을 써야 한다. 예보에는 낮 이후에 내린다고 했는데, 아침부터 내리기 시작하면 아침 식사용 조리 빵부터 남기 시작한다. 반대로 하루 종일 비가 온다고 해서 발주를 덜 했더니 날이 화창해 도시락과 삼각김밥 매대가 텅텅 비는 일도 있다.

무용담

할 말은 하고 살자

패밀리하트에서는 코로나가 확산되기 전, 점장 회의[1]가 자주 열렸다. 한 달에 한 번쯤, 각 매장의 점주나 점장 중에서 매일 매장에 나가 일하고 알바생을 교육하는 사람이 한 명씩 출석해 말만 회의일 뿐 2시간 정도 교육과 지도를 받는 자리였다.

그래도 가게와 집만 쳇바퀴 돌 듯 오가다가 모처럼 바깥바람을 쐴 수 있는 좋은 기회인 동시에 약간의 기분 전환도 되고 다른 매장의 참신한 아이디어나 경영 팁 같은 정보도 들을 수 있어서 점장 회의에 나가는 게 싫지 않았다.

하지만 참가자들 모두가 나처럼 긍정적인 자세로 출석하

는 건 아니다.

어느 날, 회의장에 창백한 안색으로 비실대며 걷는 남성이 보였다. 이름표를 보니 옆 동네 점장이라는 것을 알 수 있었다. 갸름하고 창백한 얼굴에 나이는 이제 막 서른이나 됐을까.

걱정이 앞서서 "괜찮아? 혹시 잠 못 잔 거 아냐?" 하고 물었다.

"어제부터 24시간, 한숨도 못 자서요……."

얘기를 들어보니 아르바이트를 모집해도 지원자가 없어 점장인 그가 계속 근무하고 있었다.[2] 휴일도 없어 아직 한 살인 딸아이 얼굴도 제대로 못 보고 지낸다고 한탄했다.

"이 회의만 없어도 3시간은 잘 수 있었을 텐데 말이죠. 그렇다고 졸 수는 없는 노릇이니, 눈만 뜨고 좀 쉬죠 뭐."

우리 같은 영세 약소 프랜차이즈 매장이라 할지라도 '점주', '점장'이라는 이름이 붙으면 우리를 보호해줄 근로기준법이 없다. 모든 문제를 현장에서 다 처리해야 한다.

그날 회의는 관서 지방에서 막 부임해왔다는 구로사와 부장이 진두지휘를 했다. 관서 지방 사투리(오사카 지역 출신 개그맨들이 많은 탓에 관서 지방 방언을 쓰면 허물없다는 인상을 주기 쉬워 전략적으로 그 지역 방언을 쓰는 사람도 많다.—옮긴이)를 구수하게 쓰는 사람이었다. 우선 20페이지는 됨직한 두꺼운 리포트가 배부되었다. 우리 현에 관한 마케팅 자료였다. 손님에 대한 설문조사 결과와 근래 패밀리하트 활동 보고가 포함된 그래프에는 자잘한 수치가 빼곡히 들어 있었다.

본사 직원이 자료에 대해 간략히 설명한 다음, 구로사와 부장의 사투리 섞인 강의가 시작되었다.

"지금 자료를 보고 뭔가 느끼는 게 없으셨나요?"

그는 점장들 쪽으로 자주 시선을 던지며 그런 질문과 함께 강의를 진행해나갔다. 그래프에 따르면 편의점 대기업 3사 중 패밀리하트는 손님들에게서 가장 평판이 좋지 않았다. 구로사와 부장이 말하기를 이는 중대 사안이며 모든 매장이 손님을 어떻게 대할지 고민해야 한다고 강조했다.

"자, 그럼 지금부터 임의로 저희가 나눠놓은 그룹끼리 모여 이번 결과를 어떻게 개선할 수 있을지, 함께 의논해봅시다."

나는 전적으로 책임을 매장에 떠넘기는 말투에 화가 나기 시작했다.

"그런데 이거 참, 이 지역 점장님들은 아주 얌전하시네요. 오사카 아저씨 아줌마들이라면 지금쯤 서로 말하려고 아주 아우성이었을 텐데, 진짜로."

구로사와 부장이 한 말을 그대로 따라 하려는 건 아니지만, 실제로 해가 갈수록 가맹점 점장들은 온순해졌다. 싸움을 피하려는 풍조 때문인지, 아니면 로스트 제너레이션 세대 점장이 많아 혹시라도 본사에 찍힐까봐 두려운 건지, 원인은 알 수 없다. 그렇지만 우리가 가게를 막 오픈했을 땐 호텔의 큰 세미나실을 빌린 회의에서 점주들[3]이 "마이크 좀 이쪽으로 넘겨주세요" 하고 손을 들어 본사 직원들에게 다들 한마디씩 일침을 날렸다.

구로사와 부장이 그리 말해주신다면야 싶어, 나는 잽싸게 손을 들었다.

"××점 니시나입니다. 구로사와 부장님 말씀에 힘입어 한마디 하고 싶습니다!"

내 생각보다 훨씬 씩씩한 목소리가 나왔다. 구로사와 부장이 눈을 동그랗게 떴다.

"10페이지와 14페이지 표를 봐주십시오. 편의점 수와 손님의 호감도는 모두 완벽하게 일치합니다. 그 말은 자주 가는 편의점을 '좋아한다'고 답한다는 뜻입니다. 패밀리하트는 우리 현에서 매장수로 따지면 대기업 3사 중에서 최하위죠. 게다가 최근 1년 동안, 우리 현에서 단 하나의 매장도 늘리지 못하고 있습니다. 손님 입장에서 가본 적 없는 편의점을 '좋아한다'고 답할 수는 없지 않을까요?"

점장들은 입을 꽉 다문 채였고 구로사와 부장이 불만스럽게 나를 바라보는 와중에 본사 직원들은 들고 있는 자료에 얼굴을 처박은 채로 가만히 굳어 있었다. 거기까지 말하고 나자 좀 전에 얘기를 나눴던 안색이 창백한 점장이 뇌리에 떠올라 말을 멈출 수가 없었다.

"모처럼 일어선 김에 한마디 더 하겠습니다. 여기 모인 점주와 점장들은 모두 수많은 편의점 중에 '패밀리하트가 좋다'[4]고 선택해서 시작한 사람들입니다. 그런 우리에게 책임을 떠넘기고 반성하게 하려고 회의를 모집한 건가요? 패밀리하트는 1년 동안, 우리 현에서 단 한 매장도 건설하지 못할 만큼, 아무도 하고 싶지 않은 매력 없는 편의점으로 추락한 걸까요?"

20명 정도 되는 본사 직원 몇 명이 구로사와 부장 옆으로 다가가 머리를 맞대고 무슨 말인지 하는 게 보였다.

"매장수가 적은 것과 인기가 비례한다는 것도 모르면서 일 분 일 초도 허투루 쓰지 않고 밤낮없이 일하는 우리에게 본사 실책을 모두 전가하고 반성하게 하려는 그 수법! 전 납득할 수 없습니다. 이 자리에서 설명이든 해명이든 해주시기 바랍니다!"

그렇게 잘라 말하고 자리에 앉았다. 회의실은 물을 끼얹은 듯 조용해졌다.

본사 직원과 구로사와 부장이 잠시 의논을 한 후, 한 사원이 "지금부터 20분 동안 휴식 시간을 갖겠습니다"라고 안내 방송을 했다. 20분 후, 구로사와 부장을 중심으로 본사 이사, 사원 모두가 나란히 줄지어 섰다.

"정말 죄송합니다. 본사 노력이 부족해 가맹점 여러분의 평판을 떨어뜨린 점, 대단히 송구스럽게 생각합니다. 앞으로 매장 확대를 위해 노력하고 손님 여러분께 사랑받는 패밀리하트가 될 수 있도록 최선을 다하겠습니다. 부디 많은 협조 부탁드립니다."

그렇게 말한 뒤 일제히 머리를 깊숙이 숙였다.[5]

"오늘 연수 예정이 변경되었습니다. 일부러 여기까지 찾아주신 여러분께 대단히 죄송합니다만, 오늘은 이것으로 마치도록 하겠습니다. 안녕히 가십시오."

배포된 자료만은 본사 측에서 회수했고, 그날의 점장 회의는 마무리됐다.

돌아가는 길, 어수선한 통로에서 아까의 창백한 점장이 나를 보자마자 말을 걸었다.

"그런 말을 해도 괜찮으세요? 용기가 대단하신걸요."

남편 생각은 다를지 모르겠지만, 적어도 나는 본사에 찍히지나 않을까 전전긍긍할 필요가 없다. 왜냐고? 난 처음부터 마음 한구석에 늘 편의점을 그만두고 싶다는 생각을 품고 있었기 때문이다.

1 점장 회의
신상품 안내와 판매 촉진을 위한 진열 방법, 매출 1위 매장의 판매 방법 소개 등등, 점장 회의에서는 다양한 강습회가 열렸다. 어느 날, '여름용 오뎅' 기획이 소개되었다. 깔끔한 맛의 국물에 여름용 재료를 넣어 일 년 내내 잘 팔릴 것이라고 담당자가 자랑스럽게 말했다. 국물이 차갑다면 괜찮을지도라고 생각하며 먹어봤는데 뜨끈뜨끈했다. 점장들 대다수가 한여름에 오뎅이 팔릴까 싶어 의아해했는데, 어느새 그 기획은 소리 소문 없이 사라져버렸다.

2 계속 근무하고 있었다
편의점을 하면서 제일 고달픈 점이 무엇인지 묻는다면 대부분의 점장은 근무 시간이라고 대답할 것이다. 하루 24시간 1년 365일을 정해진 인원으로 계속 운영해야 하는 게 편의점을 할 때 가장 힘든 점이다. 희망하는 요일과 시간대, 일주일에 일할 수 있는 횟수도 사람에 따라 다르다. 채용할 때 확인하고 부족한 요일에 맞춰서 뽑았건만, 예정이 바뀌는 게 또 사람 일이니까. 게다가 편의점이 난립하면서 인력 부족으로 근무표 관리가 해마다 점점 더 어려워지고 있다.

3 점주들
당시 사장 중에는 주류 판매점에서 편의점으로 업종을 바꾼 사람들이 많아 자영업을 해왔던 경험을 바탕으로 정확하게 지적하는 사람들이 다수 있어 내게는 놀라움의 연속이었다.

4 패밀리하트가 좋다
선진적이지도, 선도적이지도 않은 만년 2~3위, 명확한 목표 의식도 없이 항상 느슨한 느낌의 패밀리하트가 좋다. 아, 이거 칭찬이 아닌가?

5 머리를 깊숙이 숙였다
구로사와 부장은 그후 종종 우리 가게를 찾아와 우리 부부와 잡담을 나누곤 했다. 남편과 20분 정도 얘기를 나눈 후 나를 놀리는 말 한마디를 던지고 내가 화를 내면 히죽 웃으며 가버리곤 했다. 악감정은 완전히 사라진 상태다.

라이벌 매장이 난립하다
우리 가게의 바리케이드

"왜 이렇게 가까운 거리에 같은 프랜차이즈 편의점이 있는 거지?" 하고 의구심이 드는 매장을 본 적이 있는가? 도심인 경우 불과 수십 미터 반경 안에 같은 프랜차이즈 편의점이 있는 경우도 허다하다. 이건 도미넌트(지배적) 출점이라고 하는 편의점 전략 중 하나다.

편의점 본사는 어느 한 지역에 몇 군데 매장을 일부러 집중적으로 만들어 그 지역을 지배(도미넌트)하게 한다. 하나의 매장보다 물류 효율이 좋기도 하고 그 지역에서 인지도가 높아지면서 광고의 효율화나 경쟁 회사의 출점 억제 의도가 있다고 한다.

2019년, 이 도미넌트 전략으로 도쿄의 한 세븐일레븐 매장 경영이 악화되었고, 그로 인해 점주 일가에게 닥친 비극을 변호사 닷컴이 보도했다.[1]

패밀리하트의 경우 수도권 근교에서는 그런 전략으로 출점한 매장이 '있었다'고 하는 이야기를 다른 점주로부터 들은 적이 있다. 다만 우리 가게 주위에서는 그런 일이 일어나지 않아서 다른 회사에 비해 패밀리하트 본사가 가맹점을 배려하는 편이기는 한 것 같았다.

그러나 아이러니하게도 패밀리하트가 CK사를 인수함으로써 우리 가게 바로 앞에서 영업하던 CK사 편의점이 패밀리하트로 바뀌었고, 덕분에 패밀리하트가 바로 마주보고 있는 모양새가 되었다.

편의점이 난립하면서 우리 가게 매출도 급락했지만, 단 하나 좋은 일이 생겼다. 우리 가게와 정신과 병원 사이에 대기업 L사 편의점이 들어오면서 문제 행동을 보이는 손님이 대폭 줄어든 것이다.

몇 달간 마음을 놓고 지냈는데, 어떤 소문이 들려왔다. L사 편의점 사장이 정신적으로 막다른 곳에 몰려 가게 문을 닫는다는 것이었다.

이상한 손님들이 자꾸 찾아오는 탓에 알바생들은 겁을 먹어 차례차례 그만두었고, 일손이 부족해 도무지 가게를 꾸려 나갈 수가 없다고 L사 편의점 점주가 한탄했다는 것을 누군가로부터 전해 들었다.

또 다른 단골은 "어제 그 가게에서 물건을 산 다음 화장실에 들어갔더니, 화장실에서 나오자마자 알바생이 '말도 안 하고 화장실을 쓰는 건 몰상식한 행동입니다. 한마디 하고 들어가셨어야죠'라면서 사나운 기세로 소리를 지르더라니까. 여기서(우리 가게) 쓸 땐 그런 말은 단 한 번도 들어본 적 없는데"라고 투덜댔다. 옛날부터 우리 가게에서는 누구나 화장실을 자유롭게 쓸 수 있었다. 그 알바생의 반응이 신경질적인 데는 짚이는 구석이 없진 않았다.

돌이켜 보면 화장실 하나만 예로 들어도 엄청난 일들이 끊임없이 벌어졌다. 화장지[2]를 전부 빼내 화장실이 온통 휴지투성이가 되기도 하고, 변기 안에 새 화장지를 꽉꽉 집어넣기도 하고, 손님 한 사람이 하루 종일 화장실을 점령하기도 하고 오물을 여기저기 칠한 적도 있다(이에 대해서는 앞에 썼다)…… 그런 일을 당하고 나면 자유롭게 화장실을 못 쓰게 하는 점주의 심정도 이해는 간다.

우리는 30년 전에 이 근방에서 처음으로 편의점 매장을 열었다. 지식이라 할 만한 것이 전혀 없었다. 그래서 닥치는 모든 일들에 대해 '편의점을 운영하는 건 원래 이런 것이겠지'라고 생각할 수밖에 없었다.

하지만 L사 편의점의 점주가 정신적 한계에 몰렸다는 말을 듣고 '역시 여기서 편의점을 운영하려면 고충이 참 많구나' 하고 다시 생각하게 되었다.

"그 매장이 없어지면 또 이상한 손님이 늘어날 테니까 제발 계속해주었으면 좋겠는데. 우리 가게 바리케이트로 그냥 숨만 쉬어도 되니까 거기 있어주면 좋겠어, 그렇지?"

그런 얘기를 남편과 주고받았다.

다행스럽게도 그 편의점은 새로 점주가 되겠다는 사람이 나타난 덕에 영업을 계속해나갔다.

겨우 하루만 문을 닫고, 그후 아무 일도 없었다는 듯 24시간 영업을 계속하고 있다.

1 변호사 닷컴이 보도했다
세븐일레븐 히가시니혼바시 1길에 있던 매장의 점주 S씨는 2010년에 편의점을 시작했다. 처음에는 하루 100만 엔 정도 매상을 올렸는데 매장에서 100미터 거리에 다른 세븐일레븐 점포가 생기면서 매출액이 급감했다. 2014년, 계속되는 경영 악화로 인해 장남이 심야 근무를 마친 후 자살했다. 2019년에는 200미터 반경에 세븐일레븐이 하나 더 생겼다. 결국 S씨의 매장은 2019년 3월 말에 문을 닫았고, S씨는 병으로 세상을 떴다. 폐점 시점에 이 매장을 중심으로 한 반경 200미터에는 편의점이 6개 있었고 그중 4개가 세븐일레븐이었다고 한다. (변호사 닷컴 뉴스 인용)

2 화장지
남성용 화장실을 청소하고 있을 때, 옆쪽 여자 화장실에서 화장지를 빼는 소리가 들렸다. 덜덜덜 덜덜덜 …… 이 소리는 청소가 끝날 때까지 계속되었다. 얼마나 화장지를 쓸 생각인 건지…… 손님이 나간 후 화장실 안을 들여다보니, 직전에 새것으로 교체했던 화장지가 반 이하로 줄어 있었다. 엄청나게 많이 썼던가, 혹은 집에 갖고 갔던가. 세상 살기 참 팍팍해졌다.

3장

손님이 뭐길래?

갑질

오랜 괴롭힘 끝에

내 계산대를 향해 어떤 여자 손님이 걸어왔다. 40대 중반에 약간 뚱뚱했고 상하의를 회색 추리닝으로 맞춰 입었다. 턱을 위로 치켜든 채 어깨를 흔들며 발을 차올리는 듯한 걸음걸이가 인상적이었다.

'느낌이 안 좋네.'

속으로 그런 생각을 하고 있을 때, 옆 통로에서 마치 새치기를 하듯 남자 손님이 달려와 내 계산대에 물건을 올려놓았다. 동네 양아치 같은 걸음걸이의 여자 손님이 욱하기 전에 진정시키려는 듯 알바 마쓰무라 씨가 "손님, 이쪽 계산대로 오세요!" 하고 옆 계산대로 유도했다. 베테랑인 마쓰무라 씨는 재치 있게 일처리를 해주어 늘 믿음직스러운 사람이었다.

남자 손님이 계산을 끝마친 후 다른 일을 하려던 내게 아까 여자 손님이 다가왔다.

"이봐, 저 여편네, 뭐야?"

그녀는 턱으로 마쓰무라 씨를 가리키며 징글징글하다는 듯이 "왜 비닐봉지[1]에 넣는 걸 싫어해?"라고 물었다.

여자 손님이 말하기를 "비닐봉지에 넣으라고 했더니 싫어하는 게 티가 나서 불쾌했다"라고 한다. 마쓰무라 씨가 그런 응대를 할 리 없다고 생각했지만, 그 자리를 무마하기 위해 마쓰무라 씨를 불러 "정말 죄송합니다" 하고 둘이서 함께 사과했다. 그러나 기분이 풀리지 않은 듯, "난 손님이잖아? 그런 실례가 어딨어? 용서 못하겠는데!"라며 가게가 떠나가라 소리를 질렀다.

"제일 높은 사람 나오라고 해!"[2] 하는 말에 "제가 책임자입니다"라고 대답하자, "진짜 제일 높은 사람을 데려오라고!"라며 막무가내였다. 어쩔 수 없이 집에 들어간 남편을 불러내 사죄를 했다.

영문도 모른 채 불려온 남편까지 더해 세 사람의 사과를 받고 나서야 여자 손님은 가게를 나갔다. 하지만 그건 훗날 우리를 계속 괴롭힐, 길고 긴 갑질의 서막에 불과했다.

"손님에게서 클레임이 들어왔다"며 본사로부터 전화가 온 것은 그로부터 1시간도 채 지나지 않아서였다. 그사이에 무슨 일이 있었는지 마쓰무라 씨에게 자초지종을 듣고, CCTV 영상도 전부 확인해둔 상태였기 때문에, 본사에다가는 순조롭게 사정을 설명할 수 있었다. 그러나 여자 손님이 막무가내로 집까지 와서 사과하라며 우기는 통에 날을 잡아 본사 영업 담당자와 남편과 마쓰무라 씨 셋이 찾아가기로 했다.

"과자 상자라도 들고 가지" 하고 내가 남편에게 말하자 본사가 아무것도 들고 가지 않겠다는 판단을 내렸다고 했다. 이전에는 클레임 대응에 과자 상자를 들고 가는 게 관례였지만, 지금은 함부로 들고 가지 않는 듯했다. 본사도 이번 클레임에 우리 가게 측 실수는 없었다고 생각하는 모양이었다.

일주일 후, 지정된 장소로 가서 사과했지만, 남자 둘은 고개를 떨구고 마쓰무라 씨는 화가 머리끝까지 치민 상태로 돌아왔다.

낮 기온 30도가 넘는 불볕더위, 아스팔트가 뜨겁게 달궈진 아파트 주차장에서 그 여자 혼자 나무 그늘에 서 있고 세 사람은 2시간에 걸쳐 일방적으로 쏟아내는 화를 받아내야 했다. 게다가 결국 마지막에 "용서 못하겠어!" 하고 말씀하시더란다. 그뿐인가, 남편에게는 책임을 지고 마쓰무라 씨를 해고하라 요구했다고 한다.

남편이 "마쓰무라는 다른 손님에게 인기 있는 직원이어서 그만두게는 못하겠습니다" 하고 딱 잘라 거절했더니 이번엔 마쓰무라를 다시 교육하고 근무 시간을 줄이라[3]고 요구했다는 것이다. 그날 이후로도 클레임 전화는 매일같이 계속되었다.

다시 일주일 후, 이번에는 내가 쓴 사죄 편지와 천 엔 정도 하는 과자 상자를 갖고 남편과 본사의 영업 담당자 두 사람이서 다시 머리를 숙이러 갔다.

마쓰무라 씨는 "제가 그만두면 끝날 일이잖아요. 점장님[4]께서 절 두둔해주신 그 말씀만으로도 충분히 마음이 풀렸으니까, 언제 관둬도 상관없어요"라고 했지만, 일하는 시간을 조금 줄이는 동안 마음도 바뀌어 계속 일하겠다는 의사를 보여주었다.

본사에 클레임 전화도 더 이상 오지 않아서 다들 이제 겨우 일단락됐구나 하고 마음을 놓았다.

"이봐, 그날 이후 마쓰무라, 어떻게 됐어?"

계절이 만추에 가까워질 무렵, 그 손님이 눈앞에 서 있었다. 한 달 만에 다시 가게에 출몰한 것이다.

클레임 소동과 그때 느꼈던 심신의 피로가 한꺼번에 몰려왔다. 심장이 벌렁거리고 납으로 된 구슬이라도 삼킨 것처럼 명치께가 무거워졌다. 클레임은 실시간 진행 중이었다.

나는 "연수를 보내고 근무 시간을 줄였습니다"라고만 대답한 뒤 도망치듯 사무실로 뛰어들어갔다. 그 일을 마쓰무라 씨에게는 알리지 않았다.

그로부터 일주일 후, 이번에는 마쓰무라 씨가 계산대에서 근무하고 있을 때, 그 여자 손님이 모습을 드러냈다. 나는 그때 가게에 없었다.

"제대로 반성은 했어? 똑바로 하고 있지?" 하고 먼저 말을 걸기에 마쓰무라 씨는 "고맙습니다. 똑바로 하고 있습니다"라고 대답한 다음 그 이상 상대하지 않고 묵묵히 하던 일을 계속했다고 한다.

그런데 그 블랙컨슈머는 그때의 태도가 마음에 들지 않는다며 또다시 본사로 클레임을 걸었다. 본사로부터 연락을 받은 남편은 다시 한번 그녀에게 사죄 전화를 했다. 마쓰무라 씨도 "역시 제가 그만둬야 할까봐요" 하고 전전긍

궁했다. 그렇지 않아도 최소한의 인력[5]으로 근근이 가게를 꾸려 나가는데 주력 멤버인 마쓰무라 씨가 빠져서 괜찮을 리 만무했다. 게다가 마쓰무라 씨 잘못은 하나도 없었다.

그 블랙컨슈머가 언제 다시 나타날지 모른다는 생각에 출근하는 것이 우울해졌다. 알바생들에게도 블랙컨슈머의 존재가 알려지면서 모두들 몸을 사리며 숨도 조심히 쉬었다.

블랙컨슈머 한 사람이 가게를 엉망으로 만들 때도 있다. 언제 끝날지 모를 클레임에 내 심신이 좀먹어 들어가는 걸 피부로 느꼈다.

남편이 몇 번인가 사죄 전화를 한 후 그 사람에게서 연락이 끊겼다. 웬일인지 본사에서도 전화가 없었고 불쑥 가게로 찾아오는 일도 사라졌다. "무슨 일이지?" 하고 남편에게 묻자, 남편은 눈을 번뜩이며 대답했다.

"마지막으로 통화했을 때, 하도 이래라저래라 시끄럽길래 그냥 될 대로 돼라 싶어서 '아, 그러세요? 거참 미안하게 됐네요. 그럼 실례하겠습니다' 하고 일방적으로 전화를 끊었지" 하고 대답했다.

계속 저자세로 나오다가 갑자기 무서울 것 없다는 태도로 나가니까 겁이 난 걸까? 이유는 알 수 없었지만 그 이후, 갑질은 완전히 잠잠해졌다. 남편도 모 아니면 도라고 도박을 했던 것 같았다.

이때 남편의 대응으로 블랙컨슈머의 갑질은 막을 내렸다. 하지만 자칫했으면 역효과를 불러일으켰을지도 모른다. 갑질을 대하는 자세에 정답은 없다. 그러니 우리는 항상 고심하고, 헤매고, 고민에 고민을 거듭하는 것이다.

---

1 비닐봉지
2020년 7월 1일부터 편의점에서 비닐봉지가 유료화되었다. 패밀리하트에서는 작은 비닐봉지(8호와 12호)는 3엔, 중간(20호)과 도시락용이 5엔, 가장 큰 비닐봉지(45호)는 7엔에 제공한다. 가끔 손님이 데운 도시락과 아이스크림을 같은 비닐에 넣어달라고 할 때가 있는데, 그럴 땐 아이스크림이 녹지나 않을까 싶어 걱정이 이만저만이 아니다.

2 제일 높은 사람 나오라고 해!
나중에 남편이 "난 전혀 높은 사람이 아닌데" 하고 한탄했다. 내가 "나 역시 아르바이트하는 베테랑한텐 찍소리도 못 하긴 마찬가지야"라고 대답하자, "그럼 우리 가게에서 발언권이 제일 센 사람은 마쓰무라 씨네" 하고 둘이 박장대소를 했다.

3 근무 시간을 줄이라
"매월 1일엔 영화 보러 가고 싶은데 근무일 좀 줄여줘요" 하고 평소에 마쓰무라 씨가 입버릇처럼 하던 말을 기억하는 다른 알바생이 이 이야기를 듣더니 "마쓰무라 씨의 근무일을 줄이면, 본인이 완전 좋아할 텐데" 하고 웃었다.

4 점장님
패밀리하트에서는 2FC 계약자 부부를 '점장'과 '매니저'라고 부른다는 것은 앞에서 언급한 바 있다. 1FC 계약에서는 부부를 '점주'와 '매니저'라 부른다. 남편은 2기에 1FC 계약으로 바뀌면서 가게에서 일하는 모두에게 "앞으로도 전처럼 나를 점장이라고 불러주세요. 점주는 소유만 하고 일은 안 하는 느낌이 들어서요. 난 열심히 일할 거니까"라고 부탁했다. 그후 가게에서 일하는 사람들은 모두 '점장님'이라고 부른다.

5 최소한의 인력
근무표는 항상 최소한의 인력으로 돌아간다. 코로나로 도저히 인원을 맞추지 못해 본사가 추천하는 '매칭 서비스 앱'을 써봤다. 이는 가게와 일용직을 연결해주는 앱으로 '낮 4시간'으로 모집했더니 세 명의 지원자가 응모했다. 앱 내에서 '평가가 높은' 사람에게 일을 부탁했는데, 당일 일해야 할 시간에 좀 늦어지겠다고 전화가 왔고 30분을 기다려도 나타나지 않아 전날 야근을 했던 내가 집에서 뛰어갔다. 결국 1시간 이상 늦게 아무렇지도 않다는 듯한 표정으로 나타났다. 그후 이 앱은 써본 적이 없다.

금발 청년의 예의바른 대답

가슴 따뜻했던 한마디

처음 가게를 시작했을 때에 비하면 주변 환경이 크게 바뀌었다.[1] 우리 가게는 해가 지면 개구리와 벌레 우는 소리만 들리는 어두컴컴한 곳에 자리했는데, 이제는 국도를 따라 매장들이 줄줄이 들어섰다.

첫 해 여름, 나는 매일 아침 청소기가 껄떡껄떡 소리를 낼 정도로 힘겹게 빨아들여야 하는 벌레 사체의 양 때문에 골머리를 앓았다. 한밤중에는 진짜 손님과 함께 자욱한 안개처럼 깔린 엄청난 수의 초대받지 못한 손님들이 불빛을 좇아 들어왔다. 하지만 매해 그 수가 줄면서 이젠 여름에도 파리채 하나로 처리할 수 있게 되었다.

변한 건 주위 환경만이 아니다. 가게 내부 시스템도 서서히 변했다. 이전에는 상품을 입고할 때 전부 가타가나(일본어의 문자는 크게 히라가나, 가타가나, 한자로 나뉘는데, 가타가나는 외래어나 독음 등을 표기할 때 쓰인다.—옮긴이)로 쓰인 전표[2]와 일일이 대조하면서 확인해야 했다.

"오니기리 닌포쵸 매실맛 15개, 오니기리 닌포쵸 연어맛 10개, 오니기리 닌포쵸 홍연어 마요네즈맛 10개……."(통상 쓰는 대로 히라가나와 한자로 표기하면 오니기리 닌포쵸는 'おにぎり忍法長'로 일곱 글자이지만 가타가나로 표기하면 'オニギリニンポウチョウ'로 11글자가 된다.—옮긴이)

한 사람은 읽고 다른 한 사람이 그 상품을 찾아내 숫자를 확인하면 읽은 사람이 선반에 진열한다. 이 작업에 무척이나 품이 들었다.

지금은 전표를 읽을 필요가 없다. 전표 데이터는 컴퓨터로 전송되고 그 데이터를 한 손에 들어오는 작은 리더기로 수신해 상품 바코드를 스캔하면, 입고 수를 확인할 수 있다. 혼자서 한 손에 기계를 들고 확인하며 진열할 수 있게 된 셈이다. 과거에 비하면 진열하는 데 드는 노동력은 4분의 1에 불과하다.

이렇게 주변 환경도 시스템도 바뀌었지만, 편의점을 운

영하면서 제일 크게 바뀐 것은 아마 사람을 보는 나의 관점일 것이다.

젊은 날의 나는 고지식했다. 나는 그걸 스스로 정의감이 강하다고 믿어 의심치 않았다. 중고등학생 때는 단 한 번도 교칙을 어긴 적이 없었다. 스커트 길이를 아주 길게 늘어뜨리거나(일본에서는 한때 불량 서클에 소속된 여학생들이 교복 스커트의 길이를 발목까지 길게 늘어뜨렸다.—옮긴이) 머리에 파마를 하는 애들을 나는 전혀 이해할 수 없었다. 옳고 그름으로 판단하라면, 항상 옳은 편에 서서 살고 싶다고 생각했다. 그리고 나는 스스로가 올바르다고 철석같이 믿었다. 한마디로 앞뒤가 꽉 막힌 사람이었던 것이다.

언제나처럼 야간 근무를 하던 중, 부르릉 하고 엔진 소리를 요란하게 내며 자동차 한 대가 주차장[3]으로 들어왔다. 이전의 나라면 그런 차종과 운전 방식에 눈썹을 찌푸렸을 것이다. 차에 타고 있던 젊은이 둘이 가게 안으로 들어왔다. 한 사람은 갈색 머리에 귀를 뚫었고, 또 한 사람은 금발에 어깨 문신을 드러내듯 탱크톱을 입고 있었는데, 둘 다 속옷이 보일 정도로 바지를 내려 입어 밑단이 질질 끌렸다. 갈색 머리에 귀를 뚫은 청년이 잡지와 과자를 들고 계산대에 섰다.

"558엔입니다" 하고 내가 말하자, 청년은 "넵"이라며 아주 자연스럽게 대답하고 지갑 안을 뒤졌다.

그러자 페트병 음료를 들고 그 옆에 서 있던 금발에 문신한 청년이 "넵? 넵이라고 했냐?"라며 친구의 대답을 놀려댔다. 놀림감이 된 청년은 "나, 원래 밑바탕은 착하고 바르거든"이라고 부끄러운 듯이 웃었다.

계산을 마친 갈색 머리 청년이 가게를 나갔고, 나는 금발에 문신한 청년의 페트병을 계산해주며 말했다.

"158엔입니다."

"넵."

방금 친구를 놀렸던 청년이 영수증 잉크가 마르기도 전에 똑같이 대답했다. 게다가 자기 입에서 나온 말을 의식하지 못한 것 같았다. 나는 그 모습을 보고 그만 풋 하고 웃어버렸다.

그는 그 웃음에 놀라서 나를 쳐다보더니, 그제야 자기가 뭐라고 대답했는지 알아채고 쑥스럽다는 듯이 머리를 긁적였다.

"둘 다 착하고 바른 사람이라는 게 확실해졌네."

잔돈을 거슬러주면서 내가 그렇게 말하자 금발 청년은

씩 웃으며 "고마워요!" 하고 가게를 나갔다.

부르르르릉! 자동차가 커다란 엔진 소리를 내면서 사라졌다.

이전의 나였다면 그 청년들과 같은 사람들에게는 말을 걸기는커녕 마주칠 기회가 생기기도 전에 피해서 도망쳤을 것이다.

이 이야기를 안쪽 창고에서 일하던 오쿠무라 씨에게 전하며 둘이 웃고 있을 때였다. 때마침 단정한 차림새의 아름다운 여성이 들어와 계산대에 장바구니[4]를 내려놓았다.

"2359엔입니다."

"……."

그 사람은 내게 눈길 한번 주지 않고 아무 대꾸도 없이 계산이 끝나자 쌩하니 가게를 나갔다. 오쿠무라 씨와 나는 시선을 주고받았다.

묵묵히 들어와 묵묵히 장바구니에 물건을 담고 묵묵히 계산대에 올려놓은 다음 묵묵히 나간다……. 그런 손님들이 세상에 얼마나 많은가. 그렇기에 금발 청년들의 "넵"이라는 대답이 이렇게나 기쁘고 마음에 울림을 남겼는지도 모르겠다.

1 바뀌었다
가게를 처음 시작한 30년 전에 비하면 휴일과 연휴가 많이 늘었다. 학교가 쉬는 날엔 아르바이트하는 아이 엄마도 쉬어야 하고, 알바생은 연휴면 고향 본가에 돌아가기 때문에 근무표를 채우기 힘들다. 세상 사람들의 쉬는 날이 이렇게 늘어나는 것에 따라 우리 부부의 근무 시간도 늘어난다.

2 전부 가타카나로 쓰인 전표
'오니기리 닌포쵸'라는 건 삼각김밥 상표명이다. 패밀리하트 본사는 상품에 긴 이름을 붙이고 싶어 하는 경향이 있다. 전표에는 다 가타카나로 표기하다보니 정작 중요한 '매실'과 '연어' 같은 구분에 도달하기 전에 끊기는 경우가 종종 있었다. 너무 긴 이름은 가맹점에게 민폐 그 자체였다.

3 주차장
주차장이 넓으면 손님이 마음 편히 들어올 수 있어 좋을 것으로 생각하기 마련인데, 청소와 관리 면에서는 너무 넓어도 골치가 아프다. 우리 가게는 열 대 이상을 세울 수 있고 그와 별도로 일하는 스태프들이 주차할 수 있도록 따로 세 대의 주차 공간을 확보해두었다. 주말과 낮에는 대부분 들어차는데, 그렇게 채워져 있는 게 오히려 회전율이 좋다. 손님은 주차장이 혼잡하면 다른 손님을 위해 서둘러 나가주기 때문이다.

4 장바구니
우리 가게에는 패밀리하트의 심벌 컬러인 초록색으로 로고가 찍힌 장바구니가 50개 있다. 이 장바구니의 손잡이 부분이 금세 손때가 묻어 시커멓게 변한다. 1기 때 바쁜 업무 사이에 장바구니를 씻으면서, 이것도 어쩌면 사업이 되겠구나 싶었다. 다들 장바구니 씻는 게 힘들 테니, 패밀리하트의 모든 매장을 돌아 장바구니를 회수해 씻어준다면 돈이 되지 않을까? 그런 아이디어를 잊어버릴 만할 때, 본사로부터 이 작업을 업자에게 맡기지 않겠느냐는 제안이 들어왔다. 정기적으로 가게를 방문해 더러워진 장바구니를 회수하고 깨끗한 바구니를 놓고 간다는 것이었다. 그런데 계약을 해보니 문제가 생겼다. 마침 리뉴얼한 때라 우리 가게 바구니는 모두 새것이었는데, 다시 받은 바구니는 색이 다 바랜 바구니였다. 생각해보면 당연하다. 우리 가게 바구니를 씻어서 우리한테 돌려주는 게 아니니까. 그렇지만 왠지 손해본 기분이었다.

불의는 못 참아
고마운 참견

"점장 나오라고 해!"

갑자기 호통치는 목소리가 들렸다. 창고에서 음료를 집어넣고 있던 남편이 무슨 일인가 싶어 나와보니, 남자는 "다 녹았잖아!" 하고 소리지르며 포장도 뜯지 않은 소프트크림을 남편 얼굴에 내던졌다. 남편이 피하자 그 아이스크림은 그대로 바닥에 떨어졌다.[1] 남자는 성난 발소리를 내며 밖으로 나갔다.

갑자기 일어난 일에 계산대에 있던 알바생 여자아이도 나도 눈만 멀뚱거렸다. 바닥에 떨어진 아이스크림을 주워 들었는데 특별히 녹았다는 느낌은 없었다. 손으로 눌러봐도 충분히 굳은 상태였다. 남편은 다른 상품 상태를 살피기 위해 가게 안쪽에 있는 아이스크림 냉장고를 보러 들어갔다. 그때 자동문을 쾅 하고 두드리면서 방금 나간 남자가 되돌아왔다.

"이 편의점은 손님한테 사과도 안 해?"

험상궂은 표정으로 계산대에 서 있던 여자 알바생을 노려보더니 소리를 마구 질렀다.

"죄송합니다. 환불해드릴게요."

여자애를 감싸려고 중간에 끼어든 내 말이 남자의 기분을 긁어놓았나 보다.

"돈? 이 여편네가…… 다시 한번 말해봐!"

나는 '여편네'라는 말에 머리 꼭지가 돌아 계산대를 박차고 나와서 남자 앞에 섰다. 남자의 키는 160센티미터 정도였고 나이는 60세 전후로 보였다. 머리는 약간 벗겨지고 시궁쥐처럼 추레했는데, 이런 건 아무래도 상관없다. 아무리 덩치 큰 남자였더라도 달려나갔을 테니까. 내게는 감정이 격양되면 물불 안 가리는 나쁜 성향이 있다.

160센티의 남자와 140센티 정도인 내가 노려보며 대치한 순간, 누군가 "그만두지 못해!"라고 외쳤다.

큰 목소리가 등뒤에서 울린다 싶었더니, 젊은 남자가 나와 시궁쥐 남자 사이에 끼어 들어왔다.

"잠자코 보고 있으려 했는데, 아까부터 대체 뭐 하는 짓이야!"

"넌 무슨 상관인데!"

이번에는 시궁쥐 남자와 그 젊은이가 멱살을 쥘 것만 같았다. 나는 한순간에 냉정함을 되찾아 두 사람 사이로 파고들었다.

"제가 잘못했습니다. 죄송합니다. 싸우지 마세요."

남편도 서둘러 뛰어왔다.

"새 거로 바꿔드릴게요. 이거 가져가세요."

시궁쥐 남자 손에 냉장 케이스[2]에서 가져온 새 아이스크림을 쥐여주고 달래보려고 했지만, 남자는 "다 필요 없어!"라고 하더니 남편의 손을 뿌리치고 도망치듯 가게를 뛰쳐나갔다.

젊은 남자는 키가 180센티미터 정도였고 남편도 마른 편이 아니다. 두 남자 사이에 끼어 무서워 도망친 것이리라.

그런데 젊은 남자가 달려가는 시궁쥐 남자를 쫓아가려고 했다. 나는 그의 바짓가랑이에 매달렸다.

"무슨 짓을 당할지 몰라. 차에 치이기라도 하면 어쩌려고, 쫓아가면 안 돼!"

젊은이도 겨우 냉정함을 되찾은 것 같았다.

"죄송합니다. 오히려 폐를 끼친 건 아닌지⋯⋯ 보고 있자니 너무 화가 나서."

얼굴을 들여다보니 이제 갓 스물이 되었음직한 젊은 청년이었다.

"우리가 더 미안하지. 불쾌한 일에 말려들게 해서."

"편의점 일도 참 힘드시겠어요. 저런 이상한 놈도 다 있고. 고생 많으십니다."

어른스러운 말투로 그렇게 말하고 고개를 살짝 숙인 뒤 젊은이는 가게를 나갔다. 괜찮다며 뿌리치려는 그의 손에 억지로 닭튀김 봉투를 들려 보냈다.

예전에 어느 취객이 야근하는 알바생 남자애에게 생트집을 잡더니 아무 잘못도 없는데 가게 밖으로 질질 끌고가서 폭행한 일이 있었다. 가게 안에도 밖에도 사람이 많이 있었는데, 다들 그 모습을 지켜보기만 할 뿐 누구 하나 도와주거나 말리는 사람이 없었다. 경찰에 신고조차 해주지 않았다.

하지만 그 젊은이는 자기와 상관없는 일인데도 비분강개해 달려와주었다. 그게 나는 너무나 고마웠다. 이런 젊은이가 아직 세상에 존재한다는 것이 말할 수 없을 만큼 기뻤다.

1 **바닥에 떨어졌다**
옛날에는 바닥에 껌이 붙어 있는 경우가 많아 떼어내는 게 힘들었다. 떼어내도 바닥 틈새에 끼인 껌이 남아 있어 좀처럼 끈적끈적함이 사라지지는 않는다. 게다가 손님 신발 밑창에 붙어 가게 안에 여기저기 자국이 남는다. 가게에 껌을 떼는 전용 끌개와 세제, 왁스를 늘 준비해두었다. 지금은 껌보다 젤리가 많이 팔리게 되면서 그 고생이 훨씬 줄었다.

2 **냉장 케이스**
아이스크림 냉장 케이스는 일반적으로 가게 입구에서 가장 먼 곳에 설치되고 온도는 영하 28도 정도로 설정되어 있다. 가급적 외부 기온의 영향을 받지 않도록 설계된 것이리라. 다른 냉장 케이스의 온도는 선반마다 혹은 선반 안에서도 단마다 다르게 설정할 수 있다. 저온 냉장 음료 선반은 5도, 도시락은 4도, 삼각김밥은 18도 등등 어떤 상품이 놓인 곳이냐에 따라 세세하게 설정할 수 있다. 시대가 흐르면서 냉장 케이스도 획기적으로 변화했는데, 뜨거운 캔과 차가운 캔 음료를 같은 선반에 진열할 수 있는 데다가 계절에 따라 단마다 온도 설정을 바꿀 수 있게 되었다.

부점장 승격
평생의 기념품

두 번째 계약 갱신 기간이 다가왔다. 편의점 점주가 된 지 20년, 우리 부부는 50대가 되었다.

2기 실적은 순조로웠다. 그래도 나는 몸과 마음이 피폐해지는 편의점 일을 이쯤에서 그만두어도 좋겠다 싶었다. 내가 그런 생각을 한 탓인지 남편도 망설이는 듯했다.

"그만둘 거면 지금이 마지막 기회겠지. 다음 10년 계약이 끝나면 우리 나이는 60이 넘을 테고, 그럼 어디서도 써주지 않을 거니까."

한참을 고민하고 망설이던 남편은 "한 번 더 해보자" 하고 결정했다.

2기에서는 취급 상품이 늘어난 데 비해 가게가 좁았다. 이에 3기를 맞이할 때는 손님의 요구에 맞춰 많은 상품을 취급할 수 있도록 매장 면적을 넓혀야만 했다. 백 야드로 쓰던 공간[1]을 매장으로 바꾸기 위해 벽을 다 허물고 인테리어를 새로 꾸미기로 했다. 비용은 지난 재계약 리모델링 때보다 훨씬 액수가 커진 1200만 엔이었다. 은행에서 500만 엔을 융자받기로 했다.

편의점은 "2인이 전업으로 일한다"는 계약 조건을 충족해야 한다. '2FC'의 경우 이 두 명은 '부부 혹은 동거하는 친족'이라는 조건이 붙는다. 2기와 3기 계약은 '1FC'였기 때문에 '전업 2인'은 친족이 아니어도 상관없었다. 그래서 이번 갱신을 기회 삼아 야근 알바였던 오가사와라 군을 정식 직원으로 채용하게 되었다.

오가사와라 군은 일한 지 8년째였다. 업무 처리 능력도 안정적이었고, 무단결근이나 지각도 하지 않아 고맙기도 했다. 부부 모두 오가사와라 군에 대한 신뢰가 두터웠던 터라 남편은 일에서 해방되고 싶어 하는 나를 대신해 오가사와라 군을 정식 사원으로 채용하면서 '부점장'으로 승격시켜 계약하기로 마음먹었다.

그 이야기를 꺼내자 오가사와라 군은 너무나 기뻐하며 "정말인가요?" 하고 몇 번이나 다시 물었다. 지나치게 기뻐하는 그를 보고 나는 불안했다. '24시간 365일' 영업하는 매장의 부점장이라는 직책은 결코 만만한 것이 아니었다. 이 사실을 뼈아프게 아는 나로서는 "정말 힘들 거야"라고 못박아두지 않을 수 없었다. 그는 얼굴 가득 웃음을 지어 보이면서 몇 번이고 고개를 끄덕였다.

20만 엔의 연수 비용은 우리가 부담하고 5일에 걸쳐 그에게 '점장 연수'를 받게 했다.

같이 간 남편 말에 의하면, 도심 고층 빌딩에 마련된 패밀리하트 계약 대회장에서 오가사와라 군은 감격의 눈물을 흘렸다고 한다.

그는 대회장 입구에서 '패밀리하트 부점장 오가사와라 님'이라고 쓰인 용지를 보더니 "이거, 제가 가져가도 될까요?" 하고 허락을 받은 후 가방에 챙겨넣었다고 했다. '평생의 기념품'이라는 말도 했다고 한다.

그후 오가사와라 군은 그 이전보다 더욱 열심히 일해주었다. "오늘은 패미치킨이 저렴하니까 80개 팔게요", "이번 달에는 보졸레 누보 주문 10건을 받아내겠습니다" 하고 구체적인 목표를 세운 다음 판매 실적을 올리려고 노력

했다. 근처 신사에서 출장 판매를 할 때면 "제가 가서 팔고 올게요"라면서 적극적으로 나서서, 선언했던 대로 잔뜩 매상을 올려 돌아왔다. 신뢰할 수 있는 부점장의 존재가 무척이나 믿음직스러웠다.

1 백 야드로 쓰던 공간
하루에 몇 번이나 상품을 꺼내는 백 야드에는 안쪽에서 잠글 수 있는 자물쇠가 달려 있지만, 쓸 일이 없었다. 다만 그 자물쇠를 딱 한 번 쓴 적이 있다. 초겨울 저녁 무렵, 갓난아기를 안은 젊은 엄마가 가게 안으로 뛰어들어와 다급하게 "저 좀 숨겨주세요!" 하고 말했다. 우리 가게는 '어린이 110번의 가게(110번은 한국의 112번에 해당하는 신고 전화번호다. '어린이 110번의 가게'는 어린이가 위험을 느꼈을 때 도움을 줄 수 있는 곳이다.—옮긴이)'를 오랫동안 하고 있어서 초등학생과 중학생을 보호한 적은 있다. 하지만 성인 여성이 새파랗게 질려 도망쳐온 건 처음이었다. 백 야드에 들어가 문을 잠그라고 했다. 경찰에 신고하자 바로 경찰관이 달려왔고, 그녀는 고맙다는 인사를 한 뒤 경찰관과 함께 나갔다. 무슨 일 때문인지, 그후 어떻게 되었는지 알 수 없다. 그저 백 야드가 그런 쓸모로 쓰인 적이 있었다는 이야기다.

언젠가는 잘되겠지
편의점이 난립하다

가게를 리모델링하고 나자 많은 손님들이 축하해주러 찾아와줬다. 우리 부부 둘이 꾸려 나가던 방식을 바꿔 오가사와라 군을 부점장에 앉히며 내 몸과 마음이 훨씬 나아졌다. 그때까지 20년 동안, 하루 10~13시간[1]은 가게를 지켰고 퇴근해도 문제가 생기면 뛰어나가야 한다는 생각에 푹 잘 수도 없었다. 그런데 오후 2시부터 이튿날 새벽 6시까지의 근무표 관리와 자잘한 트러블을 부점장인 오가사와라 군이 해결해주니, 그토록 싫었던 편의점 일이 좋아지기 시작했다. 가게에서 손님과 대화를 나누는 게 즐거웠다. 이런 심경의 변화를 겪으리라고는 생각지도 못했다.

심신의 부담을 크게 덜었기 때문인지, 그렇게 괴롭던 류머티즘도 상당히 호전[2]되었다. 때마침 아들이 대학을 졸업하고 제1지망이었던 도쿄의 회사에 취직했다.

어머니는 내게 "요시노는 8일에 태어났잖아. '8'이 들어간 날에 태어난 아이는 갈수록 행복해지는 별에서 태어났대. 앞으로 더욱 행복해질 거야" 하고 입버릇처럼 말했다. 아버지를 일찍 여읜 데다가 툭하면 우는 울보였던 내가 기죽지 않도록 그런 말을 자주 들려주었다. 하지만 '나 좀 행복한 거 같은데' 하는 생각이 겨우 들 만한 20대 초반에 어머니가 목을 메어 자살함으로써 나는 절망의 나락으로 떨어졌다.

그후 나는 언제나 마음 졸이며 살아왔다. 인생이란 원래 가혹하고 고통스러운 것이라는 생각을 갖게 되었다. 그래서 즐겁고 기쁜 일이 계속되면 '이게 또 무슨 재앙을 불러올지 몰라'[3] 하는 생각을 하게 된다. 나도 참 어쩔 수 없는 성격이다.

실제로 가게가 궤도에 올라 행복을 느끼기 시작한 순간, 류머티즘 진단을 받았다. 친구에게 "호사다마라잖아. 일이 잘 풀릴 때 더 조심해야 돼"라는 말을 들은 직후에 3일 동안 앓아 누웠다.

하지만 이제 슬슬 '8이 들어간 날짜에 태어난 아이'가 행복해져도 될 만한 세월이 흘렀다. 이렇게 성실하고 부지런을 떨며 살아왔는데, 이쯤이면 '어머니 말[4]이 맞았다'라고 말해도 될 것 같았다.

그런데 역시 방심은 금물이었다.

우리 가게 바로 근처에 편의점이 또 하나 생긴 것이다. 이제 걸어서 다닐 수 있는 범위에 편의점이 다섯 곳이나 됐다.

근처 이웃들도 나를 보며 "이렇게 편의점만 많아서 뭐에 쓰라고, 안 그래?"라는 말을 할 정도였다. 어떤 단골께서는 "쭉 여기 다녔는데, 코앞에 편의점이 생기더라도 다른 덴 안 갈 거야" 하고 고마운 말씀으로 기운을 북돋워주지만, 젊은 사람들은 그렇지 않을 터였다. 역시 가까운 게 더 편할 테니까. 리모델링 공사로 빚을 크게 졌기 때문에 남편은 매일 머리를 싸매고 있었다. 낮 알바를 한 사람 줄이고 나는 류머티즘 증상이 나타나지 않을 임계점까지 계산대에서 일하기로 했다. 남편과 오가사와라 군은 더 오래 일하게 되었다.

어머니가 예언하신 '점차 잘 풀리는' 인생은 대체 언제부터 시작될까.

1 **하루 10~13시간**
1기에는 매일 13시간을 가게에서 지내는 게 일상이었다. 2기에는 시간이 좀 줄기는 했지만, 알바생이 갑작스레 못 온다는 식의 트러블이 생기면 16시간쯤 일하는 건 곧잘 있는 일이었다.

2 **류머티즘도 상당히 호전**
경험이 쌓이면서 알게 되었는데 연속 8시간을 초과해 일을 하면 100퍼센트 류머티즘 증상이 나타난다. 그래서 서너 시간마다 1시간 정도의 휴식 시간을 넣어 일해보았다. 이 방법으로 류머티즘 증세는 억누를 수 있었는데, 이래서야 원 쉬기 위해 일을 하는 건지, 일을 하기 위해 쉬는 건지 알 수가 없다

3 **이게 또 무슨 재앙을 불러올지 몰라**
결혼하고 아이가 생겼을 때, 절친한 친구에게 연락을 넣었다. "내게 만약 무슨 일이 생기면 내 아이를 부탁해." 내가 그렇게 말하자 친구는 경사에 별소리를 다 한다고 어처구니없어했다. 하지만 타고난 성격이라 바꿀 수가 없다.

4 **어머니 말**
지역 아동문학연구회에 소속되었던 어머니는 단편 동화와 동시를 짓고 연구회가 발행하는 『문학독본』에 투고하곤 했다. 어머니는 자신의 이름으로 작품집을 내는 게 꿈이었다. 작품을 다 쓰고 제일 처음 읽는 독자가 나였다. 어떤 의견이든 다 말해보라면서도 "이 대사, 좀 느끼하지 않아?" 하고 지적하면, 어머니는 꼭 토라졌다. 어머니는 칭찬이 듣고 싶었던 거다. 그래서 비판은 에둘러 말하도록 조심했다. 연구회에 참석하고 집에 돌아오면 "요시노가 한 말을 선생님께서 똑같이 말씀하셨어" 하고 즐겁게 이야기한 후에 다시 새로운 작품을 완성해 내게 보여주곤 했다.

대홍수

기댈 수 있는 사람이라고는……

예정대로 오후 3시에 일을 마치려고 막 유니폼을 벗었을 때, 아르바이트 여사님이 새파랗게 질린 얼굴로 나를 부르러 달려왔다.

"화장실[1] 수도관에서 물이 터져나와요. 얼른 와주세요!"

달려가보니 화장실 세면대 아래 관이 빠지면서 물이 터져나와 이미 화장실은 홍수 상태였고, 가게 통로로 물이 벌컥벌컥 흘러나오고 있었다.

바로 물이 터져나오는 수도관에 달려들었다. 빠진 관을 원래 상태로 되돌려놓으려 했지만, 수압이 강해 다시 튀어나오고 말았다. 그러는 동안에도 물은 점점 흘러넘쳐 가게 바닥을 적시고 있었다.

몇 번이나 시도해보다가 온몸이 흠뻑 젖은 다음에야 체념하고 패밀리하트 '긴급 안심 다이얼'에 전화를 걸었다. 다급한 문제가 생기거든 문의해보라고 SV가 알려준 번호였는데, 그때까지 한 번도 전화를 걸었던 적은 없었다. 통화 연결음 소리에 마음이 타들어가서 수화기를 쥔 손에 힘이 들어갔다.

"전화주셔서 감사합니다. 패밀리하트 '긴급 안심 다이얼'입니다."

상쾌한 목소리가 들려왔다.

"화장실 세면대 아래 수도관이 빠져서 물이 엄청 새어나오고 있어요! 어떻게 하면 되나요?"

"담당자에게 연결하겠습니다. 잠시만 기다려주세요. …… ♪♪♪(보류 통지음)…… 네, 전화 바꿨습니다. 무슨 일이시죠?"

"가게 안이 온통 물바다예요! 화장실 아래 수도관이 빠져서 물이 터져나오고 있어요! 뭐든 좋으니 지금 바로 할 수 있는 대책 좀 알려주세요!"

"그럼 이대로 잠시 기다려주세요. 업자를 찾아보겠습니다. ……♪♪♪……."

기다리는 동안에도 물이 넘쳐흐르는 게 보였다. 아르바이트 여사님이 홍수 피해가 가장 심한 남쪽 통로를 막고, 더 이상 피해가 커지지 않게 양동이와 대걸레로 필사적인 공방을 펼치며 악전고투를 벌이고 있었다.

"……♪♪♪…… 오래 기다리셨습니다. 방금 수리업자에 연락이 닿았습니다. 오후 5시 반쯤 도착하니 기다려주세요."

오후 5시 반? 그 시간까지 기다렸다가는 가게 안은 물론 주차장까지 대홍수가 일어날 것이다.

"다, 단수시키는 방법, 모르세요?"

"죄송합니다. 수리업자가 방문할 때까지 기다려주세요."

결국 '긴급 다이얼'의 직원은 수리업자에게 연락해 우리 가게로 가달라는 말을 전했을 뿐이었다. 그 정도는 나도 할 줄 안다.

몇 분 후, 물건을 사러 나간 남편[2]과 겨우 연락이 닿았다.

남편은 바로 단수 벨브의 위치와 물을 멈추게 하는 방법을 가르쳐주었다. 내 힘으로는 벨브가 꿈쩍도 하지 않아서 아르바이트 여사님이 달려와 잠가주었다. 마침내 가게 안의 모든 수도를 잠갔다.

급하게 화장실을 확인하러 달려갔더니 여사님이 기지를 발휘해 빠진 수도관에 가게에서 제일 큰 비닐봉지를 붙여 터져나온 물을 받아내고 있었다. 물이 가득찬 비닐봉지가 마치 제방처럼 가게로 흘러넘치려는 물을 막아주었다. 잠시 후 뛰어온 남편이 화장실만 단수가 되도록 조치하고, 아르바이트 여사님 두 분이 물을 닦아내는 사이, 정확히 오후 5시 반에 찾아온 수리업자가 수도관을 고쳐 완전히 정상으로 복구했다.

갑작스러운 사태에 도움이 된 것은 노하우를 갖고 있어야 할 본사 시스템이 아니라 항상 자리를 지키는 멤버들의 재빠른 대처[3]였다.

그날 이후, 오늘 이때까지 '긴급 안심 다이얼'에 전화를 걸어본 적은 없다. 대체 무슨 도움이 된다는 건지 모르겠다.

1 **화장실**
편의점을 처음 열었을 무렵, 화장실은 일본식 변기였고, 입구에서 가장 안쪽에 있는 데다가 남녀 공용으로 하나뿐이었다. 주말에 근처에서 행사라도 있는 날에는 두 대의 계산대에 한 줄씩 사람들이 늘어서고, 화장실 앞에도 한 줄이 생겨 가게 통로가 사람들로 꽉 찼다. 종업원도 화장실에 가지 못해 "죄송합니다만, 혼잡 시에는 종업원이 먼저 사용할 수 있게 해주세요"라는 안내문을 화장실 앞에 붙일 정도였다. 2기부터는 화장실을 두 개로 늘려 남성용과 여성용으로 나누었고 양변기를 설치했다. 3기에는 화장실 안내 표시를 '여성 전용'과 '남녀 겸용'으로 바꿨다. 또 손님의 고령화에 대한 대책으로, 변기 옆에 튼튼한 손잡이를 붙였다.

2 **물건을 사러 나간 남편**
남편은 자는 시간 외에는 온종일 가게에서 일한다고 해도 과언이 아니다. 근무표에 들어 있지 않은 시간에도 체인 소를 들고 가게 주변의 제초 작업을 한다. 아무튼 정말 부지런하다. 툭하면 쉬려고 하는 나와는 정반대로 일을 무척 좋아하는 사람이다.

3 **멤버들의 재빠른 대처**
내가 기를 써도 막지 못했던 수도관을 여사님이 딱 붙어서 온몸이 다 젖어가면서도 해결했다. 근무 시간이 지난 후에도 복구 작업을 도와준 그녀를 위해 우리는 가게에서 있는 대로 타월을 가져와 그녀의 자동차 운전석 시트가 젖지 않도록 깔아주며 퇴근길을 배웅했다.

“그만두겠습니다”

부점장의 두 얼굴

오가사와라 군을 부점장으로 임명한 이후, 시간이 조금 흐르자, 문제가 생겼다.

고참 근무자는 물론 알바생들도 오가사와라 군을 부점장으로 존중하는 분위기가 전혀 없다는 거였다.

나와 남편은 ‘부점장님’이라고 불렀지만, 다른 사람들은 모두 전처럼 “오가사와라 군”이라고 부르며 그를 가볍게 대하는 것 같았다. 어제까지 같은 알바였는데 갑자기 부점장님이라고 부르기에는 마음이 쫓아오지 못하는 것일 수도 있다는 생각에 시간이 해결해줄 것이라 믿었다.

그런데 학생들 대부분이 졸업하고 새로운 멤버가 늘었는

데도 여전히 변화가 느껴지지 않았다. 오히려 새로운 알바생들도 다들 오가사와라 군을 가볍게 여기는 듯했다.

어느 날, 사무실에 있을 때 오가사와라 군이 찾아왔다.

"아쿠네 군을 그만두라고 했습니다."

"왜? 그렇게 착한 애를."

내가 채용 담당[1]이기 때문에 당연히 아쿠네 군의 면접도 내가 봤다. 20대 프리터지만 청결한 느낌의 남자애였고 손님을 대할 때도 시원시원하게 접객해서, 보고만 있어도 기분이 좋아지는 청년이었다. 내가 아는 한 업무 태도에도 전혀 문제가 없어 보였다. 그만두게 할 이유가 짐작이 가지 않아 나는 무척 당황했다.

나중에 남편이 "네가 부점장이긴 한데, 우리한테 허락도 받지 않고 멋대로 알바생을 해고하는 식이면 곤란해. 뭐가 문제고 그래서 그만두게 하고 싶다고 먼저 의논을 해줘" 하고 언질을 주었다. 오가사와라 군도 알겠다고 대답했다.

그후, 성실하고 얌전한 알바생 몇 명이 갑자기 그만뒀다. 그만두겠다고만 하고 이유를 물어도 대답해주지 않았다. 너무 갑작스러운 일이라 근무표를 짜는 데에도 애를 먹었다. 오가사와라 군은 그만둔 애들 대신에 장시간 근무를 해야만 했다.

이유를 알아보려고 서로 가깝게 지내던 다른 알바생에게 대신 물어봐달라고 했더니, "점장님이랑 매니저님은 다 좋은 분들이신데 오가사와라 씨 밑에서는 더 이상 일하고 싶지 않아"라는 말을 털어놓았다고 했다. 우리가 없는 사이, 그만둔 애와 오가사와라 군이 큰 소리로 말다툼하는 모습을 봤다는 이야기도 귀에 들어왔다. 둘 다 전혀 그런 이미지가 아니어서 나는 그저 깜짝 놀랄 뿐이었다. 오가사와라 군은 변함없이 일을 열심히 해주었고, 잘난 척하거나 고압적인 말투를 보인 적도 없었다.

우리가 믿고 부점장을 맡긴 오가사와라 군에게 실은 다른 얼굴이 있다는 것을 받아들이기 어려웠고, 또 확실한 증거도 없었던 터라 무언가 손써볼 도리도 없이 시간만 흘러갈 따름이었다.

1 내가 채용 담당
처음엔 누가 채용을 담당할지 정하지 않고 남편이 하기도 하고 내가 하기도 했다. 하지만 자기가 뽑지 않은 사람은 허물이 자꾸 보이는 법. 그러다 서로 "당신이 뽑은 사람, 못 쓰겠네", "그쪽이야말로 직전에 못 나오겠다고 연락하는 사람 많잖아?" 하면서 서로 책임을 떠넘기기도 했다. 시간이 좀 지나면서, 남편이 뽑은 사람들은 금방 그만둔다는 사실을 알게 되자, 남편이 내게 채용을 맡기겠다고 했다.

두 개의 웃음
사이좋다는 착각

매일 낮 시간에 찾아와 계산대 근처에서 잡담을 나누다 가시는 할머니가 계셨다. 반드시 오후 1시가 지나면 가게에 모습을 드러내고 식료품과 생필품을 몇 개 구입한 다음 아르바이트 여사님이나 나하고 이런저런 이야기를 주고받았다. 얼굴에 주름이 가득 생길 만큼 활짝 웃으시며 말씀하셨는데, 우리 가게에서 나누는 대화가 정말 즐거우신 듯했다. 나도 아르바이트 여사님도 그분과 사이가 좋다고 생각하고 있었다.

어느 날, 장을 보고 난 할머니는 1만 엔권[1]을 내밀었다. 나는 우선 지폐로 8000엔을 거슬러주었고 다음은 잔돈을 줄 차례였다. 바로 그때, 언제나 그렇듯 할머니가 말을 걸었다. 그 말에 대답하는 사이 나는 방금 8000엔을 이미 거슬러주었다는 것을 깜빡하고 잔돈과 함께 다시 꺼낸 8000엔을 할머니에게 건네주고 말았다.

몇 시간 후에야 잔액에서 8000엔이 부족하다는 것을 알았다. 나는 '그때였는지도 몰라' 하고 떠올리고는 서둘러 CCTV 영상을 확인했다.

영상에는 내가 두 번째로 8000엔을 건넨 순간, '응?' 하는 표정이 스쳤다가 곧바로 교활한 얼굴(내게는 그렇게 밖에 보이지 않았다)을 하고는 서둘러 지폐를 챙긴 뒤 가게를 떠나는 할머니의 모습이 찍혀 있었다.

일반적으로 계산대에서 점원이 거스름돈을 1엔이라도 많이 건네면 손님 대부분은 더 줬다고 말해준다. 적을 경우에는 말할 필요도 없다.

영상을 확인한 나는 그녀가 알고도 그랬다는 것을 눈치챘고 가까운 사이라고 생각했기에 더욱 크게 실망했다. 그러면서도 내가 부주의해서 벌어진 일이라며 스스로를 타일렀다.

다음날 할머니가 오시면 "어쩜 제가 실수로 두 번 거슬러드린 것 같은데요" 하고 운을 떼볼 생각이었다. "아, 그

랬지"라고 말해주시면 이번 일은 다 잊어버리고 그전처럼 지낼 수 있을 것 같았다.

하지만 할머니는 모습을 드러내지 않았다. 그렇게 매일같이 같은 시간에 찾아왔었는데 이 사건이 일어난 뒤부터 할머니는 우리 가게에 발길을 완전히 끊었다.

아무리 살갑게 지냈더라도 편의점에 오는 손님의 이름이나 주소를 알 수 있을 리 없다.[2] 나는 그냥 포기하기로 했다.

그런 일이 있었다는 것도 잊어버릴 즈음, 할머니는 시치미를 떼고 예전과 마찬가지로 오후 1시가 지난 무렵에 우리 가게를 찾았다. 모습을 드러내지 않게 된 지 3개월이 지난 시점이었다.

나는 가게에 들어온 할머니를 보고 순간 놀랐지만, 아무 말도 하지 않았다. 웃는 얼굴로 대했는지는 모르겠지만 정말 아무 일 없었다는 듯이 대했다.

그날, 오랜만에 우리 가게를 찾았던 할머니의 귀갓길. 할머니는 우리 가게에서 제일 가까운 횡단보도의 신호에 맞추지 못할 것 같자 기다리는 게 귀찮았는지 신호등으로부터 20미터 떨어진 곳에서 국도를 무단횡단했다. 그리고 빠른 속도로 달려오고 있던 트럭에 치여 돌아가셨다.

내 뇌리에 박혀 있는 것이 몇 년에 걸쳐 친근하게 이야기를 주고받으며 보았던 주름 가득한 함박웃음이 아니라, CCTV에 포착된 교활한 미소라는 사실이 슬플 따름이었다.

1　1만 엔권
편의점에서 1만 엔권을 손님에게 거슬러줄 일은 없다. 그러니 편의점 계산대에서 만 엔 지폐는 방해꾼이다. 기본적으로 세 장만 쌓이면 도중에 모아 계산대 밖으로 내친다. 바쁜 시간대에는 못 할 경우도 있지만, 가급적 빨리 치우지 않으면, 그렇지 않아도 계산대가 좁은데 불편하기 짝이 없다. 혼자 근무하는 야간에는 더욱 부담스럽기 때문에 세 장이 모이기도 전에 얼른 치워 만 엔짜리를 계산대에 두지 않으려 한다.

2　손님의 이름이나 주소를 알 수 있을 리 없다
아르바이트하는 여사님 중에는 손님에게 별명을 붙이는 사람이 있다. '페양구 야키소바'라는 특정 야키소바 컵라면만 매일 사가는 주부에게는 '페양구 씨', 머리를 땋아 내린 여고생에게는 '땋은 머리 양', 사슬로 된 액세서리를 찰랑거리는 젊은이는 '쇠사슬 군'. 가게에서 수다를 떨 때 별명이 있으면 이야기하기 쉬워서 붙이는 것이지, 악의가 있지는 않다. 하지만 새치기하거나 욕설을 해서 가게 스태프들이 싫어하는 손님은 '검은 뚱보'라 불리기도 한다. 주의를 주어야 마땅하지만, 그 마음을 모르는 바가 아니라서 묵인하고 있다.

4장

좀더 애써보겠습니다

핑크색 앞머리
환갑 기념으로 하고야 말겠다

대학 시절 친구가 찰랑거리는 긴 머리를 과감하게 자르고 '헤어 도네이션[1]을 했다'며 메신저로 사진을 보내왔다. 옛날부터 그녀는 허리까지 머리카락을 길렀는데, 살짝 옅은 갈색에 가느다란 그 머리카락은 마치 비단처럼 곱고 예뻤다. 곱슬인 나는 그녀의 머리를 볼 때마다 부러워했다. 그녀의 머리카락이라면 헤어 도네이션에 제격이겠다 싶었다. 내 머리로 말하자면 40대에 들어서자마자 앞머리에 새치가 생기기 시작하더니 지금은 완전 백발이다. 두 달에 한 번, 약국에서 산 싸구려 염색약으로 직접 염색해 흰머리를 숨겼다. 내 곱슬머리가 누군가에게 도움이 되리라고는 상상해본 적도 없었다.

어느 날 신문 투고란에 실린 '헤어 도네이션을 했습니다'라는 문구가 눈에 띄어 읽다가 투고자의 나이를 보고 깜짝 놀랐다. 78세. 바로 친구에게 연락해 물어봤다.

"흰 머리든 염색했든 곱슬이든 노인이든 상관없어."

몇 년 전부터 환갑을 기념으로 뭔가 뜻깊은 일을 해보고 싶다고 생각했던 차였다. 내 머리카락도 도움이 된다면 헤어 도네이션을 해야겠다고 결심했다. 한 해 전에 지인이 유방암에 걸려 치료하느라 머리카락이 빠진 시기가 있었는데, 그 모습을 보고 헤어 도네이션을 하겠다는 결심이 섰다.

검색해보니 31센티미터 이상의 길이[2]가 필요했다.

어렸을 때부터 대부분의 시절을 숏컷으로 지내던 내가 그런 길이에 도전해보는 것은 처음이었다. 게다가 '너무 상한 머리카락'도 안 된다고 하니 머리를 기르면서 염색도 포기했다.

흰머리로 가게에 나가자 "머리 염색 안 하기로 했어? 자신감 넘치는걸" 하고 많은 손님들이 호의적으로 받아들여 주었다. 마침 그즈음, 곤도 사토(일본의 유명 아나운서.—옮긴이) 씨의 그레이 헤어가 유행한 때이기도 했다.

"그런가요?" 하고 대답하면서도 속으로는 그런 말이 싫지 않았다.

그런데 20센티미터 정도 기르고 나서야 겨우 알았다. 곤도 사토 씨의 그레이 헤어와 내 흰머리는 근본적으로 다르다는 사실을.

나는 매일 불특정 다수의 사람들과 만나면서도 관혼상제 때 말고는 화장을 하는 법이 없다. 교칙이 엄한 고등학교에 다니면서 '화장=불량 학생'이라는 가치관을 주입받은 탓인지 대학 시절에도 취직한 다음에도 화장에 대한 거부감이 사라지지 않았다. 화장도 안 한 흰머리 노파가 가게 안을 뛰어다니는 모습은 마치 산속을 종횡무진 달리는 야만바(일본의 전래동화에 등장하는 대표적인 요괴 중 하나로 산발 머리의 노파 모습을 하고 있다.—옮긴이)처럼 보였을 것이다.

문득 한 가지 아이디어가 떠올랐다. 헤어 도네이션을 하는 건 뒷머리다. 눈을 가리지 않도록 항상 짧게 자르는 앞머리는 헤어 도네이션과 무관할 터. 그렇다면 앞머리만 염색해도 문제 없지 않을까? 이왕 하는 거 평범한 색깔로 물들이면 뻔하고 재미없으니 제일 좋아하는 핑크색으로 해버리자!

때마침 패밀리하트에서 머리 색 규정이 삭제되었다. 우리가 가게를 시작했을 무렵엔 애초에 머리 색 규정이란 게 존재하지 않았다. 매주 노란색, 빨간색, 파란색으로 색깔을 돌아가며 물들이는 알바생이 있어서 남편이 "신호등이냐?" 하고 놀린 적은 있어도, 본사에서는 주의를 주지 않았다. 하지만 나이든 손님 중에는 얼굴을 찌푸리는 분도 계셨는데, 대신에 그 알바생은 접객 태도에 더욱 신경을 썼다. 그 노력 덕분인지 손님으로부터 그 알바생에 대한 클레임이 들어온 적은 한 번도 없었다.

그후, 1998년 무렵부터 2장에서 언급한 것처럼 패밀리하트의 규칙과 우리에 대한 감시가 서서히 엄격해졌다. 머리 색깔에도 규정이 생겼다. 미용실에서 볼 법한 머리 색 견본책과 함께 몇 번부터 몇 번 사이의 머리 색만 허용하고 그 외의 머리 색은 제한한다는 엄격한 공지가 하달되었다. 마치 여고생 시절로 되돌아간 듯했다.

그리고 요 몇 년 사이에 다시 그런 규제가 사라졌다. 전국적으로 외국인들을 알바[3]로 많이 채용하고 있기 때문일 것이다.

이러저러한 궁리 끝에 드디어 나는 앞머리만 핑크색으로 염색하기로 마음먹었다. 패밀리하트 근무 규정에 "머리 색은 규제하지 않습니다. 다만 상식적인 범위 안의 색만 인정합니다"라는 문장은 안 읽은 셈 쳤다.

앞머리를 핑크색으로 물들인 이후 놀랍게도 지금까지 나와는 분명하게 선을 그었던 약간 불량스러운 할머니들(젊었을 땐 아마 불량 청소년으로 분류되었음직한 헤비 스모커 할머니들, 물장사를 했음직한 화장이 무척 짙은 할머니들)이 친근하게 말을 걸어왔다.

"그 머리 색, 마음에 든다!"

"멋있네!"

"다음엔 무슨 색으로 물들일 거야?"

젊었을 때부터 모범생 타입이었던 나는 절대로 손님과 반말로 대화를 주고받지 않았다. 아르바이트 여사님들은 단골들과 금세 친해져 반말을 주고받으며 큰 소리로 웃곤 했는데, 나는 나보다 나이든 손님에게는 꼭 존댓말을 사용했다. 나의 그런 분위기가 한몫한 것인지 손님들도 내게는 스스럼없이 말을 걸지 않는 게 일반적이었다.

그런데 앞머리가 핑크색이 되자마자 그동안 높게 쌓여있던 장벽이 한꺼번에 허물어졌다. 갑자기 친밀감이 솟아난 듯, 약간 불량한 할머니들 사이에서 나는 돌연 제일가는 인기쟁이가 되었다.

"내가 안 쓰는 색인데 자기가 한번 써봐!", "쓰다 남은 건데 이 색으로도 한번 물들여볼래?", "다음번엔 이 색 어때?" 등등…….

각양각색의 염색약이 내 앞으로 모여들었다. 그렇게 손님한테 받은 염색약으로 물들인 앞머리를 마스크와 깔 맞춤 하는 데 재미를 붙였다. 파란색 마스크니까 파란색 앞머리 하는 식으로 말이다.

정작 중요한 헤어 도네이션이라는 목표까지는 갈 길이 구만리였다. 기르기 시작한 지 2년째에 돌입했는데도 아직 필요한 길이까지 한참 남았다. 여름엔 덥고, 머리를 감고 말리는 데도 품이 드는데, 잠 잘 때도 성가셔서 힘든 점이 한둘이 아니다. 어설픈 마음으로는 완수할 수 없는 일이라는 것을 깨달았다.

하지만, 어려운 일이기에 더욱, 환갑 기념으로 반드시 달성하고야 말겠다.

1 **헤어 도네이션**
암과 백혈병처럼 병이 있거나 선천적인 무모증, 혹은 뜻밖의 사고로 머리카락이 없는 아이들에게 의료용 인모 가발을 무상으로 제공하는 활동이다. 헤어 도네이션으로 만든 가발은 100% 인모로 되어 있어 질감이 자연스럽다고 한다.

2 **31센티미터 이상의 길이**
조금씩 묶어 다발을 만들어 자르는데, 묶은 머리 아래가 모두 31센티미터 이상 되어야 한다. 그러니 실제로는 40센티미터 이상이 필요하다고 한다.

3 **외국인들을 알바**
일본어가 아주 능숙한 외국인도 데워달라는 뜻으로 "'칭' 해줘요"라고 하면 알아듣지 못한다. 요즘 가게 전자레인지는 다 돌아가면 "삐, 삐, 삐, 삐"라는 전자음이 울리기 때문에 '칭'이 전자레인지 소리라는 것을 유추하기 힘들 것이다. 가정용이라도 '칭' 하고 울리는 전자레인지를 근래엔 본 적이 거의 없다. 그럼에도 젊은이조차 데워달라고 할 때, "'칭' 해주세요"라고 한다.

이상한 손님

천객만래(千客萬來)의 비극

편의점에는 때때로 이상한 사람이 나타난다. 특히 계절이 바뀔 때 더 심한 것 같다. 그리고 오늘도 어김없이 그런 사람들이 우리 가게에 나타났다.

첫 번째 인물.

오후 4시, 가게 안 물건을 정리[1]하던 내 눈앞에 갑자기 거한이 버티고 섰다. 돌연 불룩한 배가 내게 닿을 만큼 바짝 다가와 화들짝 놀랐다. "뻔뻔스러운 부탁입니다만" 하고 그는 말했다. 말투는 정중한데 혹시 클레임을 걸려고? 나는 몸을 바짝 긴장시켰다. 그는 말을 이었다. "돈 좀 빌릴 수 없을까요?"

키는 175센티미터 정도, 체중은 100킬로그램이 족히 넘어 보였다. 후줄근한 추리닝 웃옷에 헐렁한 추리닝 바지. 나이는 50대 후반쯤? 깔끔함은 없었지만, 그런 아저씨가 어디 한둘인가.

"말씀드리기 죄송한데 갖고 있는 돈이 없어서 무언가 좀 주실 수 없을까 하고……."

말투가 좀 불안정했지만, 잘 들어보니 "돈이 없지만 배가 고프다. 그래서 오늘은 돈을 내지 않더라도 먹을 것을 나눠줬으면 좋겠다. 나중에 꼭 갚으러 오겠다" 정도로 해독할 수 있었다.

"힘든 일이 있으시면 경찰에 의논해보죠" 하고 경찰에 연락[2]했다. 남자는 경찰이 올 때까지 얌전하게, 그리고 따분한 듯 가게 안에 우두커니 서 있었다.

두 번째 인물.

심야 1시 30분, 혼자 근무하고 있을 때 갈색 머리를 길게 기르고 화려한 웃옷을 입어 껄렁해 보이는 남자가 가게에 들어오자마자 곧장 계산대로 걸어왔다. 깔끔한 차림새는 젊은이 같았는데, 가까이서 보니 얼굴이 40대는 되고도 남아 보였다.

"3일 동안 아무것도 안 먹었어. 그래서 물이랑 밥만 먹고 살았어. 여기까지는 걸어서 왔습니다. 그러니까 나는 미국에 있어. 그러니까 강간해줄게. 강간당할 뻔한 여자를 도와주기로 약속했으니까, 여기서 도시락을 살까 합니다. 2개 도시락을 살 생각이다. 지금은 배가 고파."

내 눈을 가만히 바라보며 한꺼번에 말을 쏟아냈다. 몇 분이나 말했을까, 갑자기 눈을 부릅뜨고 "배신해선 안 돼!" 하고 소리쳤다. 그러고 나서 손바닥 뒤집듯이 "권총은 안 갖고 있습니다. 절 믿어주세요"라며 저자세로 나왔다.

그를 진정시키려고 "도시락은 그쪽 선반에 있습니다" 하고 계산대 옆에 있는 도시락 진열대를 가리키자 도시락을 골라 계산대에 올려놓았다. 가격을 말하니 주머니와 가방에서 잔돈과 메모와 책과 영수증[3]과 펜 같은 것들을 줄줄이 꺼내 계산대 위에 하나씩 가지런히 내려놓았다. 그사이에도 도통 이해할 수 없는 말을 끊임없이 중얼거렸다. 동전을 다 긁어모아도 400엔이 될까 말까 해서 도시락 가격에 미치지 못했다. 또 다시 주머니와 가방을 뒤지고 있는 동안 다른 손님이 그의 뒤에 줄을 섰다. 그 역시 뒤쪽이 자꾸 신경 쓰이는 것 같았다. 나는 "돈이 모자라서 도시락을 사실

수 없겠네요. 다른 손님도 기다리고 계시니 오늘은 이만 가주시죠" 하고 단호하게 말한 뒤 도시락을 계산대 안쪽으로 가져왔다. 그러자 그는 계산대에 올려놓은 것들을 허둥지둥 주머니와 가방에 찔러넣고 그대로 나가버렸다.

세 번째 인물.

새벽 3시, 물건을 꺼내고 있을 때 내 시야에 시커먼 물체가 스쳐지나가는 것이 보였다. 시커먼 물체의 정체는 부스스하게 뒤엉킨 검은 머리가 발목까지 내려온 사람이었다. 헤어 도네이션을 위해 3년에 걸쳐 겨우 허리까지 기른 내 머리카락을 가볍게 두 배는 뛰어넘을 정도의 길이였다. 수염이 머리카락과 혼연일체가 되어, 멀리서 보면 머리 위에서부터 검은 천을 길게 뒤집어쓴 것 같았다.

상반신 옷은 시커멓고 너덜너덜했으며 더 이상 옷이라고는 할 수 없는 형태로 몸에 걸쳐져 있었다. 하반신에는 아무것도 입지 않고 국소 부분에만 흰 비닐봉지로 감쌌으며 한때는 구두였음직한 슬리퍼 같은 상태의 무언가를 맨발로 질질 끌고 있었다.

그는 가게 안을 휙 하니 한 바퀴 돌고 난 후 컵라면을 들고 계산대로 왔다. 눈앞에 다가온 그를 보니 군살 하나 없는 근육질 몸매여서 마치 그림책에 나오는 원시인처럼 보였다.

원시인 손님은 들고 있던 너덜너덜한 비닐봉지에서 돈을 꺼내 계산을 끝마쳤다. 그러더니 컵라면에 뜨거운 물을 붓고는 곧 밖으로 사라졌다. 가게에 들어와서 나갈 때까지 단 한마디도 하지 않았다.

자, 여기까지 실제 우리 가게에 찾아온 '이상한 손님들'에 대해 이야기했다.

나 말고 다른 사람들은 이 세 사람을 어떻게 판단할지 궁금해 남편과 아르바이트 여사님께 CCTV[4]에서 인쇄한 사진을 보여주며 의견을 물었다.

거의 모든 사람이 '원시인'에게 거부반응을 보였다.

"무섭다!", "으윽", "꺄악", "신고 안 했어?" 같은 반응이 줄을 이었다.

사실 나는 두 번째 '껄렁한 남자'가 가장 무서웠다.

'껄렁한 남자'가 가게 밖으로 나가고 다음 차례 손님의 물건을 계산하려고 했을 때, 그제야 내 손이 부들부들 떨고 있다는 걸 깨달았다. 너무 심하게 떨고 있어서 손님이 "괜찮아요? 경찰이 올 때까지 같이 기다려줄까요?" 하고 걱정했을 정도였다.

두려움이 한동안 가시지 않았고, 경찰에 신고하자 근처 파출소 순경이 와서 가게 근방을 순찰해주었다. 하지만 나는 그후로도 그 남자가 또 오지나 않을까 불안에 떨었다. 지금 돌이켜봐도 심장이 쿵쾅댄다.

천객만래라는 말이 있다. 편의점은 24시간, 온갖 종류의 손님을 받는 곳이기도 하다. 그래서 때로는 도망치고 싶을 만큼 무섭다.

1 **가게 안 물건을 정리**

납품 시간이 정해져 있어 대부분 정해진 시간에 도착한다. 하지만 매장의 증감과 루트 변경으로 시간이 바뀌는 경우도 있다. "다음 달 1일부터 상온편 배달 시간이 저녁 9시에서 오전 0시로 바뀝니다"라는 식으로 본사에서 연락이 오는데, 이게 꽤 부담스럽다. 알바생이 있으면 대량 입고도 대응할 수 있지만, 혼자 야근하고 있을 때 다른 물건들과 함께 쏟아져 들어오면 나 혼자 밤새 뛰어다녀도 정리를 끝마치지 못한다. 야근 알바를 구할 형편도 못 되고, 막막할 때가 있다.

2 **경찰에 연락**

경찰에 도움을 받는 경우도 많지만, 우리가 경찰에 도움을 줄 때도 있다. 우리 가게에는 주차장에도 CCTV가 설치되어 있는데, 가게 밖 도로까지 찍히는 카메라를 설치한 곳이 별로 없는 듯, 근처에서 무슨 사건이라도 나면 바로 경찰이 비디오를 보여달라고 요청한다. 언젠가는 다른 지역 경찰까지 와서 용의자의 도주 경로를 확인하고 싶다며 보여달라고 한 적도 있다.

3 **영수증**

영수증을 보지도 않고 버리는 손님이 많다. 안타깝다. 요즘 영수증에는 할인권, 교환권이 붙어 있다. 500엔이 넘는 담배 교환권이 있는 경우도 있어, 그럴 땐 손님에게 무료 교환권이 붙어 있다고 귀띔해준다. "아! 고마워요!" 하고 다시 와서 받아 가는 손님도 많다. 여러분, 영수증은 한번 가볍게라도 살펴보도록 합시다.

4 **CCTV**

CCTV는 편의점 계약을 갱신할 때마다 최신 기종으로 바꿨다. 그러니 지금 쓰고 있는 것은 3대째다. 첫 CCTV는 가정용 비디오카메라와 같았고 컬러 영상 자체는 나쁘지 않았지만, 녹화를 계속하다보니 화질이 떨어져 얼굴을 식별하기가 힘들어졌다. 2대째는 성능이 좋아져 화질이 선명하고 줌업까지 가능했다. 지금의 3대째는 고성능이라서 가게 안에 사각지대가 없다. 상품 수가 맞지 않아 이상하다 싶을 때 확인해보면 비디오에 절도범이 선명하게 찍혀 있고, 손 부분을 줌업 할 수도 있다.

매일같이 변해간다
어디로 가려 하는가

"손글씨 POP 따위, 멋대로 붙이지 좀 마세요." SV에게 그렇게 혼나고 3년이 지났을 무렵, 패밀리하트 방침은 180도 바뀌었다.

가게에 찾아온 SV가 "앞으로는 각 매장마다 제각각 개성을 살려주세요"라고 하는가 하면 점주들을 대상으로 한 '손글씨 POP 그리기 강좌'까지 열렸다.

그런 변화에 일일이 놀라거나 화낼 겨를조차 없을 만큼, 편의점은 이런저런 것들이 끊임없이 변해간다.[1]

돈키호테(일본의 대표적인 드러그스토어. 상품들이 빈틈없이 빼곡하게 진열된 것이 특징이다.—옮긴이)가 한창 선풍을 일으킬 무렵, 패밀리하트 역시 선반을 높이고 돈키호테류의 '압축 진열'을 권장했다. 때마침 엄청 높은 통굽 구두 붐이 일어 화장품의 경우 나같이 키 작은 사람은 발판을 대도 모자라 작은 사다리를 타고 올라가야 손이 겨우 닿을 만한 높이에 진열되었다.

"이렇게 높아서야 손님들 손이 안 닿지 않겠어요?" 하는 내 우려에 SV는 "그게 잘 먹히거든요. 재밌다며 구매욕을 당기니까요!"라고 했다. 아무리 그래도 손이 닿지 않으면 꺼낼 수가 없으니 모든 매장이 발판을 마련해야 했다.

"편의점에선 없는 게 없어야 합니다. 발주 대장에 없고 손님이 물어본 적 있는 물건은 일단 다 써서 제출해주세요. 상품도 다양하게 넉넉히 주문해서 가득 진열해둡시다."

SV는 자신만만하게 말했다.

하지만 몇 년 지나자 이 방침 역시 180도 바뀌었다. '진열할 땐 깔끔하고 보기 좋게 집어들기 쉽도록 신경 써주세요'라는 지침이 내려왔다. 찾아온 SV는 "선반 수도 줄이고 선반 높이를 옆 통로가 보일 정도로 낮춥시다. 잘 보이는 선반을 목표로 해주세요. 상품 아이템 수도 확 줄입시다"[2] 라고 했다.

좀도둑질에 대한 대처 방법도 시대에 따라 크게 바뀌었다. 옛날에 '좀도둑은 현행범으로 잡아야 체포 가능하다'는 것이 상식이었다. '재산 범죄'에 해당하는 좀도둑질은 '누가', '언제', '무엇을' 훔쳤는지 명확하게 증명할 수 있어야만 체포 요청을 할 수 있기 때문이다. CCTV 영상이 흐릿하던 시절, "비디오 영상은 증거가 못 됩니다. 소모품의 경우, 증거가 완전히 소멸되기 때문에 체포하기 힘들죠"라고 경찰관이 말했다. 예를 들어 초콜릿 과자를 훔쳤을 때, 그걸 먹어 없애버리면 증거품이 사라져 사건이 성립되지 않는다는 뜻이다.

그래서 우리는 항상 신경을 곤두세운 채로 범인을 감시하다가 그 자리에서 없어진 물건을 확인하고, 가게에서 나갔을 때 바로 쫓아가 도난품을 확보한 다음 경찰에 넘기는 순간까지 모든 것을 지켜봐야만 했다.

이런 일이 있을 때마다 도둑을 잡는 사람은 항상 나였다.

"경찰에 신고해야지."

겁 많은 남편은 항상 자진해서 신고 역할을 도맡았다. 나는 불의에 대한 분노가 앞서면 두려움 따위는 완전히 사라져버려서 당장 행동에 옮긴다. 어린아이가 아버지 팔에 매달리듯 하는 꼴로 덩치 큰 남자들을 수없이 잡았다.

항상 신경을 곤두세운 탓인지, 나는 악의 낌새[3] 같은 것을 탐지할 수 있게 되었다.

하지만 그런 시대는 이제 끝났다. 지금은 근처 파출소 순경에게 논의하면 "알겠습니다. 영상에 찍혔죠? 그럼 이제 가게분들은 아무것도 하지 말아주세요. 저희가 다 알아서 체포하겠습니다"라고 답한다.

며칠 전, 단골 할아버지가 에너지 음료 하나를 주머니에 슬쩍하는 모습을 아르바이트 여사님이 목격했다. 영상으로 확인하고 파출소 순경에게 연락을 넣었다.

일주일 후, 경찰관 세 명이 주차장에서 감시하다 할아버지가 가게에 들어오시려던 찰나에 붙잡아 경찰서로 데려갔다. 몇 시간 후 경찰관과 함께 돌아온 할아버지는 '두 번 다시 이 매장에 오지 않겠다'는 서약서를 쓰고 사죄한 후 물건값을 지불하고 나갔다(남편이 두 번 다시 오지 않겠다고 서약서를 쓰면 입건하지 않겠다고 했기 때문이다).

도둑질하는 모습을 보고도 그 자리에서 잡지 않고 며칠 동안 평소와 다름없는 웃음을 띠고 대한다. 그리고 어느 날 갑자기 경찰관이 찾아온다. 어쩌면 지금이 옛날보다 더 무서운 시대[4]가 아닐까.

변한 건 또 있다. 패밀리하트 유니폼은 처음엔 앞치마였다. 지금은 페트병 재생 용품으로 만든 유니폼이다. 폭염일 때는 정해진 유니폼이 아니라 패밀리하트에서 판매하는 검은 T셔츠도 허용될 만큼, 옛날에 비해 규칙이 무척이나 느슨해졌다.

선반이나 계산대 비품도 옛날에는 무겁고 튼튼했다. 하지만 10년 계약을 갱신할 때마다 전보다 훨씬 가벼워진다. 처음에는 싼 티가 난다 생각했지만 막상 사용하고 보니 세세한 부분까지 신경을 많이 쓴 것이 눈에 보였다. 안쪽에 있는 상품을 손가락 하나만 써서 앞으로 꺼낼 수 있게 되었고, 어렵지 않게 선반 높이를 조절할 수 있다. 게다가 바퀴가 달려 있어 선반 전체를 옮길 수 있기 때문에 계절이 바뀌어 매장을 리뉴얼할 때도 훨씬 편해졌다.

상품도 완전히 바뀌었다. 옛날에는 "그래봐야 편의점 도시락"[5]이라는 말을 자주 들었는데 지금은 우습게 볼 게 아니다.

내가 특별히 변화를 느낀 건 파스타다. 나폴리탄, 미트소스로 시작해서 제노베제, 아라비아타, 판체타와 구운 버섯 알리오올리오 등 계절에 따라 차례차례 상품이 바뀌고, 신상품도 출시된다. 게다가 맛도 있다. 친구들과 점심 약속으로 이탈리안 레스토랑에라도 가면 황당할 때가 있다. 집에서 늘 먹는 '폐기품 파스타'랑 도대체 뭐가 얼마나 다르기에 가격이 이런지 이해할 수 없기 때문이다. '그래봐야 편의점 도시락'이라고 얕잡아 볼 수만은 없는 수준에 이르렀다는 말이다.

음식 맛만 달라진 게 아니다. 무엇보다 발주와 검품 때 쓰는 컴퓨터 시스템의 진화가 경이로움 그 자체다. "기계가 갑자기 바뀌어서 못 쓰겠다"는 엄살을 피웠다가는 편의점에서 일할 수 없다.

옛날에는 계산대를 두드리기 전 단계에서 기억해둬야 할 절차가 여러모로 복잡했는데, 이젠 계산대가 친절히 다 가르쳐준다. 예를 들어 택배의 경우 바코드를 스캔하면 다음에 뭘 하면 될지, 차례대로 지시 사항이 컬러 그림과 함께 표시된다.

'일반 혹은 공항 도착과 같은 특수 택배 중 하나를 선택하세요' → '사이즈를 측정하세요(스키 플레이트, 골프 백, 캐리어……는 이 사이즈입니다)' → '배송지 우편번호를 입력하세요' → '배송 희망 일시를 입력하세요' → '배송료는 840엔입니다'

지시 사항에만 따르면 모든 절차를 완벽히 처리할 수 있게 되어 있다. 일의 종류는 전보다 엄청나게 많아지고 복잡한데 태어나서 처음으로 알바를 한다는 고등학생이 단 3일 만에 척척 해낸다.[6] 이건 정말 고마운 일이다.

30년 전부터 컴퓨터를 전 세계에서 가장 잘 활용하는 업계가 편의점이라는 말을 들었는데, 해마다 진보를 거듭해 우리를 번잡한 작업에서 해방시켜주고 있다.

스마트폰 결제가 보급되어 노인이든 애들이든 스마트폰으로 물건을 사게 되고, 공공 요금과 관공서에서 발행하는 대형 폐기물 처리권 같은 것도 현금 결제를 하지 않아도 된다면, 편의점 계산대는 완전히 무인화될 것이다. 이 말인즉슨 인건비가 엄청나게 오른 세상의 저편에는 인건비가 아예 필요 없는 시대가 기다리고 있다는 것이다. 어쩌면 편의점 업계의 목적지는 점주도 필요 없어진 시대일지도 모르겠다.

---

1 끊임없이 변해간다

며칠 전, 알바생 여자애가 말을 꺼냈다. "아까 이상한 손님이 오셨어요." "어떤 손님?" "마일드세븐을 달라고 해서 그게 뭐냐고 물었더니, 담배라 하시더라고요. 그런 이름의 담배는 없다고 했더니, 어제도 여기서 샀다고 우기시는 거예요. 참 이상하죠?" "마일드세븐, 들어본 적 없어?" "어? 그게 진짜 있어요?" "지금은 없어졌는데, 옛날엔 그게 주류였어. 지금 메비우스(MEVIUS)라는 이름으로 바뀌었지만." "어떡해요? 손님, 벌써 가버리셨는데……". 마일드세븐이 없어진 건 2001년. 시대는 점점 변해간다.

2 아이템 수도 확 줄입시다

압축 진열 탓에 전국적으로 도난 피해가 급증해서 방침을 철회한 게 아닐까 하고 추측한다.

3 악의 낌새

편의점으로 들어오는 남자가 왠지 나쁜 짓을 할 것 같은 느낌에 그를 주시했다. 하지만 아무 일도 일어나지 않았고, 그냥 평범하게 물건을 사고 나갔다. 내 촉도 무뎌졌구나, 하고 쓴웃음을 지은 바로 그때, 고등학생 남자애가 뛰어들어와 소리쳤다. "밖에 자전거를 세웠는데 앞쪽 바구니에 놓은 가방이 없어졌어요!" 비디오로 확인해보니 방금 그 남자가 가게를 나가면서 자전거 앞 바구니에서 가방을 훔치고 아무렇지 않은 얼굴로 오토바이를 타고 떠나는 모습이 찍혀 있었다. 역시 내 촉은 틀림없다고 혼자 몰래 뿌듯해했다.

4 옛날보다 더 무서운 시대

할아버지는 경찰에게 잡혔을 때 두려움에 가득찬 표정으로 떨고 있었다. 도둑질을 하고 일주일 후에 잡힐 줄은 생각지도 못했을 것이다. 도둑질이란 언제까지고 할 수 있는 게 아니다.

5 그래봐야 편의점 도시락

잡화에서도 PB 제품이 쏟아지고 있고, 모두 저렴하면서도 다른 브랜드 상품에 비해 품질에 차이가 없다. 당연하다. '패밀리하트' 상품이라고 하지만, 제조를 각 브랜드 제조업자에게 맡기고 있으니까.

6 척척 해낸다

다만 기계에 익숙한 젊은이라서 빨리 적응하는 것이지, 50대 이후 세대는 가르쳐주면 가르쳐주는 대로 그 자리에서 까먹어 쉽지 않다.

경비 삭감
더 이상 붙잡을 수 없다

지금 우리 가게 반경 1킬로미터 주위에는 여섯 개의 편의점 매장이 있다. 근처에 편의점 매장이 하나 들어설 때마다 매출이 줄어들었다. 그리고 새로운 도로가 생기면서 국도 교통량이 줄어 통행객들의 발걸음 역시 뜸해졌다. 2기에는 항상 2000만 엔이 넘던 한 달 총매출액도 3기에 들어서자 2000만 엔 이하로 떨어졌고 3기 중반에는 1800만 엔대를 깼다.

남편은 타던 차를 팔고 내가 타는 중고 경차를 같이 타게 되었다.[1]

가게에서는 경비 삭감의 서막으로 점심 때 일하는 아르

바이트 여사님을 한 사람 줄였다.

3년 반 일하던 다카자키 씨가 마침 그만두고 싶다는 의사를 밝혀왔다. 40대 주부로 일주일에 4일 출근했다. 나는 알겠다고 하며 고개를 끄덕였다.

나중에 그녀와 친했던 다른 아르바이트 직원인 우노 씨를 통해 “다카자키 씨가 말하길 3년 이상을 일했는데 그만두지 말라고 한 번도 붙잡지 않으셨다며 섭섭해하던대요”라는 말을 들었다.

그동안 수고했다고 말은 했지만 말리지는 않았다. 솔직히 경비를 줄일 수 있어서 다행이라는 생각을 하고 말았다.

“매니저님은 계속 해달라고 말해주실 줄 알았대요. 바로 알았다고 하셔서 충격받았다고도 했어요.”

그 말을 듣고 미안한 마음이 들었지만, 우리 가게는 더 이상 ‘붙잡을’ 여유조차 없어졌다. 다카자키 씨 대신 남편이 사무 업무를 보면서 계산대에 서게 되었다.

알바생과 아르바이트 여사님[2]의 근무 시간을 다시 꼼꼼히 점검해 여기서 1시간, 저기서 30분 하는 식으로 단축시켜 그 대신 우리가 일을 하게 되었다. 아르바이트 야근 시급은 낮보다 25퍼센트 할증이 붙고 복지비로 한 끼 식사비를 지출한다. 그 부분을 줄였다.

마침 그즈음에 부점장이었던 오가사와라 군이 그만두고 싶다고 말을 꺼냈다.

오가사와라 군은 몇 년에 한 번, 생각났다는 듯이 그만두고 싶다는 말을 할 때가 있었다. 그때마다 우리는 붙잡았다. 앞서 썼듯이 알바생들과 마찰이 있기는 했지만, 일은 열심히 해주었고 가게를 지탱해주는 든든한 기둥이기도 했다.

하지만 그런 타이밍에서 말을 꺼내자, 결국 우리는 더 이상 붙잡지 않기로 했다. 정규직 사원인 그의 월급과 사회보험료를 내주기가 부담스러웠다.

"그만두고 싶은데요."

언제나 사의를 표할 때면 그렇듯, 나를 사무실에 부른 오가사와라 군이 말했다.

"그래. 지금까지 고마웠어" 하고 내가 대답했다.

그의 표정이 약간 일그러졌다. 놀란 것 같기도 하고 안도하는 것 같기도 했다.

1 중고 경차를 같이 타게 되었다
도심에 사는 분은 모르시겠지만, 우리 가게 주변에는 다들 1인 1자동차가 일반적이다. 결혼했을 때부터 차는 각자 자기 것을 몰고 다녔다. 하지만 그것도 힘들어지자, 내가 차로 집에 간 다음 남편은 한여름 땡볕 아래에서도 도보 20분 거리를 걸어 집에 온다.

2 알바생과 아르바이트 여사님
매해 2월쯤에는 알바생이 모자라게 된다. 졸업 시즌이라서 그렇다. 반대로 5월 연휴가 끝나면 지원자가 차고 넘친다. 학교 생활에 좀 익숙해진 다음, 알바라도 해볼까 싶은 신입생이 많아서 그럴 것이다. 하지만 그 무렵에는 알바 모집이 이미 끝난 경우가 많다. 대학 입학이 정해진 단계에서 자취할 곳을 알아보며 알바를 찾는 학생이 '슬기로운 대학 생활'을 할 수 있다.

1인 근무

무마된 사고

오가사와라 군이 가게를 그만둔 다음, 야근은 내가 혼자 하고 있다. 밤 9시부터 새벽 4시 사이 7시간이 기본이고 문제가 생겨서 해결하다보면 5시가 넘어갈 때도 있다. 남편은 새벽 4시에 와서 나와 교대한다. 우리 가게는 밤 10시부터 아침 6시까지가 이른바 알바생 없는 '1인 근무' 시간대다.

스키야(일본의 유명 규동 체인점.—옮긴이)에서 혼자 새벽 근무를 하던 50대 여성이 정신을 잃고 쓰러졌다가 3시간 후에 사망한 채로 발견되었다는 뉴스가 보도되었다.

사실 몇 년 전 SV로부터 옆 시의 패밀리하트에서 혼자 근무하던 알바생이 사다리에서 떨어져 사망한 것을 손님이 발견했다는 이야기를 들은 적이 있다.

그리고 다음날, 그 SV가 남편에게 일부러 전화를 걸어 "그 얘기, 완전 오프 더 레코드입니다. 절대로 아무에게도 말씀하셔서는 안 돼요" 하고 엄포를 놓았다.

'완전 오프 더 레코드'라니, 사람이 하나 죽었다. 아무리 그래도 새나가지 않을 리 있겠냐고 인터넷으로 검색해보았는데 정말 어디에서도 관련 기사나 글을 찾아볼 수 없었다. 그후에도 이 사건이 언론을 타는 일은 없었다. 정말 무마시켜버린 것일까.

스키야에서는 문제가 되었던 1인 근무를 패밀리하트에서는 무마시키다니! 그 이후, 만약 내가 혼자 근무하다가 죽더라도 없었던 일로 처리되는 건 아닌가 싶어 한밤중에 사다리를 올라가는 게 무서워졌다.

체구 작은 할머니가 한밤중에 혼자 근무하다보니 도리어 "야근할 알바 없어요?" 하고 걱정스럽게 물어보시는 손님이 종종 계신다. 그때마다 "인건비가 올라도 너무 올라서, 야근을 썼다가는 적자예요" 하고 대답한다. 실제로 2023년 현재, 야근 희망자[1]로부터 매일같이 전화가 온다. 지금 알바생들[2] 중에서도 일주일에 하루나 이틀은 야근을 하고 싶다는 지원자가 있다.

가게를 오픈해서 얼마 안 되었을 무렵에는, 주말에 야근으로 세 명의 알바생[3]이 일했던 적도 있다. 지금은 생각할 수조차 없다.

2022년 9월, 코로나 규제가 대폭 완화되자 손님이 조금씩 늘기 시작했다. 그에 따라 물건도 늘었다. 상온편(음료, 과자, 컵라면 등), 잡지, 냉동편, 1차 도시락, 삼각김밥, 반찬 입고(도시락, 삼각김밥, 반찬은 하루에 세 차례로 나뉘어 3차까지 입고된다), 빵편 등등…… 혼자서 다 하려면 숨 돌릴 틈조차 없다. 1인 야간 근무를 하다보면 7시간에 1만 보 넘게 걷는다.

그런 상태인지라 한창 냉동편을 정리하고 있을 때 손님이 계산대로 오면 내심 혀를 차고 싶은 심정이다.

며칠 전, 심야 1시에 들어온 젊은 남성이 반찬류를 갖고 계산대로 왔다. 나는 냉동편 정리를 하던 도중에 계산대로 달려와 계산을 끝냈다. 서둘러 냉동고 앞에 돌아가 하던 일을 마저 하려고 하자, 계산대에서 "여기요" 하는 목소리가 들렸다. 이번에는 맥주를 2병 들고 있었다. 다시 계산대로 달려가 계산을 끝냈다. 냉동고로 돌아갔을 때, 또 목소리가 들렸다. 이번에는 잡지를 한 권 들고 서 있었다.

그걸 곁눈으로 확인하면서 계산대로 향하는 도중에 "한 번에 좀 다 하지" 하고 중얼거리고 말았다. 마음속으로만 말하려고 했는데 마스크를 쓴 탓에 방심했는지, 그만 목소리를 내고 만 것이다. 방심한 상태에서 목소리가 밖으로 나오자 나는 당황했다.

"죄송합니다……."

그는 작은 목소리로 조심스럽게 사죄했다.

"아니에요, 제가 죄송합니다."

내가 그렇게 말하며 고개를 가볍게 숙였지만, 그는 여전히 죄송스러운 듯이 시선을 떨군 채 계산을 끝마치고 황급히 가게를 나섰다.

야근을 하다보니 문제[4]가 생겼다. 수면 장애가 생겨버린 것이다.

일을 끝내고 5시 전에 집에 들어가도 하루 종일 뛰어다닌 몸을 안정시키는 데 1시간은 족히 걸린다. 몸이 각성 상태에 들어가 머리까지 너무 맑아져 바로 잠들지 못하는 것이다.

이럴 때 머리를 식히기 위한 루틴으로 나는 조간신문을 읽는다. 내가 집에 들어가는 시간과 조간신문이 도착하는 게 거의 엇비슷해서, 오토바이로 신문 배달을 하는 아가씨에게 직접 받아 1시간 반 정도 시간을 들여 천천히 정독한다. 그러다보면 머리와 몸이 식으면서 겨우 졸음이 몰려든다.

그리고 오전 6시가 조금 지나서야 잠자리에 든다. 그런데 왠지 1시간만 지나면 눈이 떠져버렸다. 10시까지는 그 누구도 방해하지 않는데도, 몸과 마음을 쉬게 하려면 적어도 그 시간까지는 푹 잠들고 싶은데도, 한번 눈이 떠지면 좀처럼 잠이 오지 않았다.

요 근래 10년 동안은 아침 6시부터 가게에 나갔었다. 어쩌면 몸이 오전 6시부터 9시까지 이어지는 출근길 손님들과의 정신없는 시간을 기억하고 있기 때문인지도 모르겠다.

잠이 안 온다, 잠이 깬다, 수면 시간이 모자라다, 이 악순환이 걱정되어 야근을 자주 하시는 단골 택시 운전사 아저씨에게 의논해봤다. 그는 야근과 낮 근무를 돌아가면서 하고 있었다.

"제대로 자려면 어떻게 해야 할까요?"

"4시간 자면 충분하지. 잠이 안 오다니, 팔자가 좋아서 그런 거야. 너무 피곤하면 자게 돼 있어. 난 20년 이상 이런 생활을 하고 있는데 어디 아픈 데 없이 말짱하다고."

택시 운전사 아저씨는 웃으며 말씀해주셨다. 아저씨는

항상 기운이 넘치고, 늘 안색이 좋아서 묘하게 설득력이 있었다.

그렇군, 수면 시간에 너무 연연하지 말자. 그렇게 생각하니 불안이 싹 가셨다. 그 이후 낮 시간대에 자다 깨다 하면서 하루 4시간은 수면을 취했다. 아마 이대로 괜찮을 것이다!

1 야근 희망자

낮에 일을 하겠다는 지원자는 적지만, 야근 희망자는 항상 있다. 시급이 세기 때문일 것이다. 신입 여대생, 무직 장년층, 은퇴한 노인…… 정규직 사원 젊은이가 일을 끝낸 다음 투잡으로 일하겠다는 경우도 있다.

2 지금 알바생들

몇 년 전부터 중국인 유학생을 몇 명 알바로 채용하고 있다. 기초부터 일본어를 배운 그들은 일본 젊은이보다 훨씬 정중하고 올바른 표현을 쓴다. 지금 일하는 중국인 여학생도 아름다운 일본어와 착한 마음씨로 단골 사이에 칭찬이 자자하다. 그런데 중일 관계가 험악해지면서 그녀에 대한 익명의 클레임이 본사에 들어갔다. 말이 안 통한다, 고맙다는 인사도 못 한다, 등등. 평소 접객 태도를 봤을 때 말도 안 되는 중상모략이다. 익명의 클레임이 어떤 의도인지는 알 수 없다. 만약 중일 관계의 긴장감이 고조되었다고 이런 식으로 분풀이하는 것이라면, 정말 슬픈 일이다.

3 야근으로 세 명의 알바생

가게를 오픈한 초반에는 잡지 하나만 예로 들어도 방대한 양이었다. 반품 작업을 할 때도 손으로 전표에 하나하나 잡지 이름을 써야 했고, 양도 많아서 이 작업만 매일 몇 시간이 들었다. 지금은 잡지 자체가 줄어든 데다가 모든 게 바코드로 스캔해서 전표가 인쇄되어 나오기 때문에 일주일 치를 5분도 걸리지 않고 할 수 있다.

4 문제

문제가 있기는 하지만 좋은 점도 있다. 친구가 점심을 같이 먹자고 하면 얼른 따라갈 수 있게 되었다. 그동안에는 365일 쉬지 않고 일하고 있어서 낮에 같이 밥을 먹자고 권유받아도 선뜻 그러자고 대답하지 못해 의리 없는 친구가 되어버렸다. 그런데 야근을 시작하자, 낮에는 자유 시간이라서 언제라도 좋다고 나설 수 있다. 달리 생각하면 매일 휴일 기분을 만끽할 수 있는 셈이다.

이어져 있다

“코로나 때문에”

며칠 전, 자동차 한 대가 우리 가게 주차장 울타리를 들이받아,[1] 튼튼했던 철책이 완전히 넘어갔다. 그날 중으로 본사에 수리를 부탁했다.

그리고 며칠 동안, 가게에 오시는 손님에게서 “저 울타리, 어떻게 된 거야?”, “트럭이 받기라도 했어?”라고 매일같이 질문을 받았다.

2주 정도 지나 단골들에게 한차례 설명이 다 끝나 쓰러진 철책에 대해 묻는 손님이 없어진 후에도, 본사로부터 철책을 수리하러 온다는 연락이 없었다. 몇 주 더 지나자, 이번에는 단골들이 입을 모아 이렇게 물었다.

"언제 고칠 거야?"

그럴 때마다 나는 "코로나 때문인지, 러시아와 우크라이나 전쟁 때문인지, 자재가 안 들어온대요"라고 대답했다.

그러면 손님 대부분은 농담인 줄 알고 웃는다. 아니, 나는 진지하게 대답했을 뿐이다.

러시아가 우크라이나를 침공해 전 세계가 고물가에 허덕인다는 것은 주지의 사실이다. 우크라이나 농작물이 들어오지 않아 밀가루를 비롯한 많은 상품들 가격이 올랐고 나 역시 매주 가격표를 다시 붙이는 작업을 하고 있다.

요 3년 코로나 영향으로 마스크와 소독약, 화장지(유언비어가 퍼져 종이류 사재기로 인해 일어난 부족 현상)뿐만 아니라 생각지도 못한 물건들이 입고되지 않곤 했다. 예를 들어 목장갑이나 오징어 진미채 같은 것들이다. 본사에 문의를 했더니, "생산은 하고 있는데 코로나 때문에……"라는 대답이 돌아왔다. 본부 담당자 설명은 다음과 같았다.

컨테이너를 90퍼센트 이상 중국에서 제조하고 있는데, 중국 국내 봉쇄 조치로 제조 자체가 중단되어 컨테이너가 부족하다.

코로나 집콕 영향으로 상품 배달량이 급격히 증가하면서 지금까지의 컨테이너 숫자로는 감당할 수 없게 되었다.

컨테이너 물건을 분류하고 운반할 인력 부족으로 인해 입고가 지연되고 있다.

육해공 운수업 모두 인력 부족으로 운임이 폭등했다.

이러한 모든 이유는 다 '코로나 영향'이라고 할 수 있다.

동일본대지진 때에도 음료가 전혀 입고되지 않았다. 관서 지방과 중부 지방처럼 지진의 영향을 받지 않은 지역에서 만드는 주스와 차가 왜 입고되지 않는지 물어보면, "페트병을 만드는 동북 지역 공장이 피해를 입었거든요. 내용물이 있어도 담을 용기가 없습니다. 그래서 제조가 중단된 거예요"라는 설명을 들었다. 페트병과 뚜껑, 음료 캔 제조 공장은 땅값이 싼 동북지방에 공장이 있다고 했다.

가게를 연 직후에 발생한 한신 · 아와지 대지진 때도 오랫동안 관서 지방에서 술이 들어오지 않았다. 고베시의 나다구 주조장이 큰 타격을 입었기 때문이라고 들었다. 그때와 같이, 머나먼 땅, 가본 적 없는 중국과 우크라이나와 우리 가게가 이어져 있는 것이다.

코로나가 한창이었을 때, 나는 드디어 환갑을 맞이했다.[2] 30대에 가게를 처음 열었을 때, 설마 우리가 환갑까지 가게를 할 줄은 생각지도 못했다.

3년 반에 걸쳐 헤어 도네이션을 위해 기른 머리가 이제 허리까지 내려왔다. "그만하면 충분해" "괜찮아" 하는 친구들의 말에 힘입어 미용실에 가기로 했다.

다른 사람이 쓸 가발이 될 머리카락이라 상하지 않도록 최대한 신경 써 길렀다. 그럼에도 진짜로 쓸 수 있을지 걱정이었다. 미용사는 내 머리를 보고 지금까지 자른 머리 중에서 제일 예쁘다면서, 손질을 꼼꼼하게 잘했다고 칭찬해 주었다.

지금 나는 원래의 야만바로 되돌아와 머리를 산발한 채 가게를 뛰어다니고 있다.

1 울타리를 들이받아

가게 안팎으로 무언가 손상되거나 고장날 때마다 그 수리나 복구 비용을 본사가 지불해야 하는 건지, 우리가 지불해야 하는 건지 SV에게 전화해 묻는다. 계약에 따라, 매장에 따라 달라지므로 SV가 "이번 같은 경우는 저희가 부담하겠습니다" 하고 가르쳐주기도 한다. 이 사고가 났을 때 SV에게 전화를 했더니 수리비는 사고를 낸 당사자에게 청구하라는 얘기를 들었다. 수리 자체는 우리가 지역 업자에게 의뢰하기로 했다. 이를테면 창고 문 하나를 고쳐야 할 때도 반드시 누가 부담해야 하는지를 찾아본다. 본사가 지불한다면 바로 업자에게 부탁해 고쳐달라고 하지만, 우리가 지불해야 할 땐, 남편이 DIY 스토어를 뒤져 스스로 해결하려고 노력한다.

2 환갑을 맞이했다

형님이 환갑을 맞이했을 때, 온 친척들이 다 모이는 성대한 파티가 열렸다. 우리 부부도 꽃다발을 들고 축하하러 갔다. 내 환갑 날, 남편은 늘 그렇듯 내 생일을 완전히 까먹고 평소처럼 일하다가 '폐기' 식품을 먹고 끝이었다. 떨어져 사는 아들에게서 생일 축하한다는 메시지가 유일한 축하 인사였다. 다음날, "나, 어제 환갑 생일이었는데" 하고 남편에게 말했더니 "어, 그랬어?" 하고 그것으로 끝. 이 일은 죽을 때까지 잊지 않고 잔소리를 해줄 테다.

최악을 기록하다
2023년 현재 매출은……

"다음 계약 갱신, 어떻게 할까?

며칠 내내, 남편은 내 뒤를 쫓아다니며 물었다. 우리 가게는 벌써 세 번째 계약 갱신을 맞이하려고 하는 중이다.

"아무래도 어렵겠지. 경비가 너무 많이 들어서."

남편이 머리를 싸매는 이유는 밑도 끝도 없이 오르는 전기 요금[1] 때문이었다.

지금까지 아무리 많이 쓴 달에도 35만 엔을 넘는 일이 없었던 전기 요금이 50만엔을 넘었다.

2FC 계약의 경우 로열티가 비싼 대신 전기, 가스, 수도세를 전부 패밀리하트가 지불한다. 하지만 지금 우리 계약

형태는 1FC이기 때문에 일정 요금이 넘어가면 우리가 지불해야 한다.

원래 나는 쓸모없는 지출에 두려움을 느끼는 체질이다. 천성이 검약가인 데다가 사치를 부리면 나중에 나쁜 일이 일어날까봐 무서워서 마음 편히 돈을 쓰지 못한다. 아르바이트 여사님들이 '구두쇠'라고 뒤에서 비웃고 앞에서도 놀릴 만큼 내 검약 정신은 평범하지 않다고 한다.

의식주의 '의'는 친구들이 안 입게 된 옷을 물려받는다. 우리 부부가 사 입는 것은 속옷과 양말 정도인데 그마저도 할인점의 특가 판매 코너에서 파는 것이다.

의식주의 '식'은 사치하려는 마음만 먹지 않는다면 폐기 식품으로 다 때울 수 있다.[2] 샐러드, 고기 요리, 생선 요리, 반찬, 과일, 그리고 디저트까지 매 끼니가 풀코스다. 우리 부부는 요즘 2년 동안 거의 매일 폐기 식품으로 식사를 때웠다. 아들은 "나한테 집밥은 패밀리하트 폐기 식품"[3]이라는 농담 레퍼토리를 갖고 있을 정도다(덧붙이자면 의식주의 '주'는 아들이 초등학생이었을 때 가게에서 걸어 20분 떨어진 주택가에 단독주택을 새로 마련했다. 대출금은 여전히 우리를 옥죄고 있다).

타고 있는 차는 중고 경차고, 남편은 결혼식 증인으로 서준 분이 암으로 돌아가시면서 하루 2갑 이상 피우던 담배를 완전히 끊고, 지금은 취미라고 할 만한 것도 없다.

그런 우리 부부가 꾸려 나가는 가게니 전기 요금은 물론 모든 경비를 허투루 쓸 리 없다. 그럼에도 우리 가게 경영 상태는 현재 사상 최악을 기록하고 있다.

손님 수와 매상은 코로나가 시작되고 사람들이 밖에 나오지 않던 때에 비하면 회복 추세를 보이고 있다. 코로나가 시작되고 사람들이 움직임을 멈춘 것처럼 보였던 시기에는 평일 30만 엔, 공휴일도 비슷한 정도여서 한 달에 900만 엔 수준이었다. 이 액수는 우리 가게가 가장 좋았던 시절의 반 이하다. 코로나라고 해도 일이 있는 사람들이 출근해야 했기에 평일보다 다른 현에서 놀러오는 손님이 많았던 공휴일의 매출 하락이 현저했다. 가게 앞 국도는 거의 자동차가 다니지 않는 상태였다. 하지만 역 앞과 관광지 편의점만큼은 매출이 떨어지지는 않아 보조금을 받을 수 있는 대상에서 간발의 차로 제외되었다.

우리 가게의 2023년 6월 현재 매출은 평일 40만 엔 정도고 손님 수는 약 500명이다. 한 주에서 가장 장사가 잘되는 토요일에도 매출은 60만 엔에 못 미치고 손님 수도 700명이 안 되는 경우가 많다. 매출액은 한 달에 1500만 엔도 되지 않는다. 그런 데다가 엎친 데 덮친 격으로 모든 경비가 다 올랐다. 특히 전기 요금이 급등해 마치 전기 요금을 내기 위해 일하는 것이나 다름없다.

"그 많던 돈은 다 어디로 가버렸을까?"

남편이 맥없이 말했다.

지금 돌이켜보면, 2기 때가 참 좋았다. 대출금을 갚기 시작해 살림에 별로 여유가 있지는 않았지만, 그래도 1년에 한 번은 아들과 가족 여행을 다녔고, 학원에도 보낼 수 있었다. 만일을 대비한 저축도 할 수 있었다.

경제적으로 그다지 불안함을 느끼지 않으면서 아들을 대학까지 보낼 수 있었던 것[4]은 지금까지 가게를 안정적으로 꾸려왔기 때문이다.

가게와 남편에게는 감사해야 한다. 물론 24시간 365일 가게에 묶여 살면서도 도망치지 않고, 불평하며 이 일을 계속해온 나 자신에게도.

1 전기 요금
러시아의 우크라이나 침공이 있은 지 얼마 안 된 2022년 4월, 패밀리하트 전 매장은 에너지 절약 차원으로 모든 시간대에 40퍼센트 조명을 줄이는 설정으로 가동했다. 그래도 전기 요금은 끝없이 오르기만 한다.

2 폐기 식품으로 다 때울 수 있다
처음에는 폐기 식품 중에서 디저트의 제일 위에 놓인 망고만 먹거나, 도시락에서 연근조림만 골라 먹곤 했다. 그걸 본 남편이 지저분하게 먹는다고 화를 냈다. 남편은 도시락 중에서 하나만 골라 그걸 깨끗하게 비우고 다른 건 골라먹는 짓은 하지 않았다. 그러다가 "어차피 버릴 건데, 먹고 싶은 것만 먹는 게 뭐가 나빠?" 하는 내 말에 감화되었는지, 지금은 도시락 반찬만 골라 그릇에 옮겨 식탁에 올려놓기도 한다.

3 나한테 집밥은 패밀리하트 폐기 식품
아이러니하게도 먹고 싶은 것만 마음껏 먹는 식생활을 할 수 있는 건, 편의점을 하니까 가능한 일이다. 친척 아이들이 우리집에 자주 오는 것도 마음껏 폐기 식품을 갖고 갈 수 있기 때문일 것이다.

4 대학까지 보낼 수 있었던 것
"결혼식 비용은 못 대주니까 그건 네가 알아서 해"라고 못박아두었다. 다행인지 불행인지 서른이 넘은 아들에게는 아직 결혼 상대가 없다.

목숨줄만 아슬아슬

드디어 계약 만료

우리 가게는 이제 곧 10년 계약 만기를 맞는다. 부부 모두 환갑이 지났다. 패밀리하트의 계약 형태도 시대에 발맞춰 변화해왔다. 10년 계약만 할 수 있었던 게 5년 계약과 2년 계약도 생겼다. 다만 2년 계약을 하면 다음에는 연장이 불가능하다. 5년 마다 계약을 갱신할 수는 있지만, 2년 계약을 맺으면 그것으로 끝이다.

남편은 고민 끝에 "일단 5년만 더 해보자"라고 했다.

본사가 재계약을 타진했을 때 내가 말했다.

"지금까지 계약을 갱신할 때마다 빚을 지고, 그걸 갚기 위해 일하고 계약이 끝나갈 때쯤 빚을 겨우 다 갚는 식의 연속이었어요. 우리가 경제적으로나 육체적으로나 여유가 있을 때 끝내고 싶어요. 일만 하고 살아서 그런지, 여행도 좀 다니고 싶고요."[1]

지역 매니저가 수긍한다는 듯 고개를 끄덕이고 5년이나 2년 계약인 경우, 지금까지처럼 대규모 수리를 할 필요는 없고 시대에 맞지 않는 부분만 조금 바꾸면 된다고 했다.

가게를 오픈했을 때 시급은 600엔 조금 넘는 정도였지만, 지금은 '최저임금 일률 1000엔'이 선거철 관용구가 된 상황이다. 우리 가게는 최저임금도 겨우 지불하고 있다.

나는 편의점 경영이란 '목숨줄로 아슬아슬 줄을 타는' 업종이라고 생각한다.

처음 계약할 때, 반드시 가족 둘이 일하겠다고 계약서에 사인해야 했다. 그 말은 "편의점 경영이 혼자 일해 가족을 먹여 살릴 만큼 만만한 게 아닙니다"라고 선언하는 것이나 다름없었다.

우리처럼 땅과 건물 없는 사람은 대출을 많이 받고 시작해야 한다.

몇몇 편의점 사장들과 얘기를 나눌 기회가 있었다. 옆 시에 사는 60대 사장님은 땅과 건물을 본사에서 빌려 2FC 형태로 계약해 평균 매출을 올렸지만, 10년 계약 2기가 끝난 단계에서 매장을 접기로 결정했다. 몸에 무리가 와서 더 이상 할 수 없다고 했다. 연금을 받을 수 있을 때까지 몇 년 더 부부가 아르바이트로 일을 나가기로 했다고 한다.

"저축? 저축을 어떻게 해? 우리는 빚으로 시작해서 빚 갚고 끝났을 뿐이야. 20년 하면서 적자 안 본 것만 해도 다행이지. 이젠 자영업이라면 지긋지긋해."

막대한 빚을 지고 가게를 시작해 빚이 없어질 만하면 계약이 끝난다. 그리고 다시 빚을 져서 가게를 리뉴얼하고 겨우 그 대출을 다 갚으면 재계약 시기가 돌아온다…… 그 끝없는 반복. 이건 마치 옛날 소작인이나 다름없지 않나 싶을 때가 있다.

지금 남편은 치솟는 인건비와 전기 요금과 씨름하면서도 다음 계약 갱신을 해보려 하고 있다.

1 **여행도 좀 다니고 싶고요**
2시간 이내에 갈 수 있고 저녁에는 집에 들어올 수 있다면 지금이라도 당장 갈 수는 있다. 하지만 대신 수면 시간을 줄여야 하는데, 환갑을 넘긴 내가 잠을 줄이면서까지 놀러갈 기운은 없다. 그러니 차라리 집에서 쉬는 게 낫다. 이러다보니 10년 가까이 영화도 보러 간 적이 없다.

이게 '사랑'일까 '증오'일까
일본 사회의 축소판

나는 패밀리하트를 사랑하고 있을까? 아니면 증오하고 있을까? 이 책을 쓰면서 몇 번이나 스스로에게 질문을 던져보았다.

가게를 막 오픈했을 때는, 패밀리하트가, 아니 이 일이 너무 싫었다. 원래 손님 상대가 성격에 맞지 않는다고 자각할 만큼, 학창 시절 아르바이트할 때도 서비스업이 아닌 일을 골라 했다. 처음 오픈했을 무렵, 나에게도 서툴고 모자란 부분이 많았겠지만, 툭하면 호통치는 손님도 많았다. 난 정말 이 일이 맞지 않는다고 수없이 생각했다.

대형 슈퍼 체인 S사가 패밀리하트로부터 철수했을 때[1]

부터 가맹점에 대한 본사의 요구 사항이 많아지고 또 거세졌다는 느낌을 받았다. 우리가 마치 빈둥거리고 놀고 있는 것처럼 시시콜콜 지시를 내렸다.

"지금도 이렇게 바쁘게 겨우겨우 일을 하는데 더 이상 못 해!"

현장이 어떻게 돌아가는지도 모르고 내키는 대로 일을 시키는 본사에 분통[2]을 터뜨린 적도 있었다.

패밀리하트가 다른 편의점 체인을 흡수 합병[3]하고 만년 3위에서 벗어나기 위해 매장 수를 늘리기 시작할 무렵에는 현장에서 일하는 우리의 목소리가 본사에 전혀 닿지 않게 되었다.

패밀리하트의 상품 이름은 또 얼마나 감각이 뒤떨어지는지, 보고 있으면 질려버릴 때도 많았다. 촌스러운 그 이름은 손님 입장에서 전혀 생각하지 않는다는 증거이기도 했다.

하츠네 미쿠의 고기만두에 '하츄네미쿠망'이라는 이름이 붙었다. 손님이 얼굴을 붉히며 '하츄네……'('츄'라는 발음이 한국어에서 '해쩌요'처럼 유아어로 들리기 때문이다.—옮긴이)라고 기어들어가는 목소리로 말하는 걸 듣고, 보온기 옆에다 당장 "'미쿠망'이라고 불러줘요"라고 종이에 써 붙였다.

그 외에도 왠지 읽기 힘든 까다로운 한자들을 자주 썼다. '極旨', '鶏', '柚子', '焙煎'……(순서대로 극상의 맛, 닭고기, 유자, 로스팅 커피라는 뜻이다. 일상적으로 사용하는 한자가 아닌 잘 쓰이지 않고 획수가 많은 어려운 한자를 일부러 사용한 것이다.—옮긴이) 고급스럽고 정성들인 요리처럼 보이고 싶었던 것일까. 읽지 못해서 주문을 안 한다는 손님이 실제로 있다는 데까지는 생각이 미치지 못한 것 같다. 그리고 상품명에 너무 긴 설명이 붙어 있곤 했다.

'홋카이도산 팥으로 만든 팥소', '걸쭉하고 진한 치즈가 쏟아지는 피자 만두'…….

손님들이 처음엔 읽어보려고 시작했다가 도중에 읽다 포기하고 만다. 그걸 보는 우리는 마음이 갑갑하다.

그런 점들을 느낄 때마다 SV에게 직접 전달했다.

하지만 우리의 목소리가 위까지 전달된다는 느낌을 받지 못했다. 제대로 윗선에 전했는지 의심스러워 질문도 해보고 그들의 상사에 해당하는 지역 매니저에게 이의를 제기한 적도 있다. 그래도 바뀌지 않았다.

속이 다 탈 것 같아서 어느 날 가맹점 상담 창구[4]에 민원 전화를 넣었다.

"SV에게 말해도 지역 매니저에게 말해도 개선되지 않아 전화하는 건데, 오랫동안 하도 속을 끓여서 어쩌면 말하는 도중에 욕도 하고 소리칠지도 모르겠지만, 창구에서 일하시는 분께 드리는 말씀이 아닙니다. 녹음을 꼭 하셔서 전달해야 할 부서에 잘 좀 전해주세요."

미리 사정을 설명한 다음 상품명을 개선해달라고 부탁했다.

그후 시간이 좀 지나자 어려운 한자에 읽는 법이 달려 나왔다. 내 항의가 통했는지, 아니면 다른 가맹점도 같은 얘기를 했는지, 아니면 그냥 우연인지, 진실은 알 수 없다.

30년 동안 쌓인 한 때문에 푸념만 늘어놓았다. 부디 용서해주시길.

그래도 싫은 감정만 있었다면 가게를 오래도록 꾸려 나가진 못했을 것이다. 어느새 나는 염통에 털이 났는지 처음 본 손님에게도 스스럼없이 말을 거는 뻔뻔한 아줌마가 되었다. 손님과 친해지고 단골과는 가족처럼 일상 이야기를 주고받는 사이가 되었다. 아르바이트하는 학생과 여사님들까지 포함해 정말 대가족이 된 기분이다. 그렇게 생각하면 이런 자리를 내게 마련해준 패밀리하트에 대해 감사한 마음이 솟아오른다.

패밀리하트는 지금까지 끊임없이 변화해왔다.

2017년 '전시회'[5]였을 것이다. 당시 사장의 비디오 메시지가 상영되었다.

"조금이라도 매장의 부담을 덜 수 있도록 다각도로 검토하고 세세한 부분까지 바꿔 나가겠다"라고 선언했고, 실제로 실행에 옮겼다.[6] 이후 끊임없이 쏟아져 내렸던 세세한 지시 사항이 뚝 끊겼다.

패밀리하트는 대형 편의점 3사 중에서 유일한 일본 자본이다.

다른 편의점은 오전 0시에 정산 업무를 하므로 반드시 점주가 심야에 매장에 나와 있어야 했던 시절부터 패밀리하트는 다음날 아침 10시를 정산 시간으로 정하고 점주들이 심야에는 쉴 수 있게 배려해주었다.

다른 편의점이 팔리지도 않는 반찬을 10개 단위로 꼭 사라는 식의 가맹점에 부담이 큰 발주 시스템이었을 때부터, 패밀리하트는 2개부터 살 수 있는 시스템을 만들었다.

다른 편의점 화장실이 사무실을 통과해야 들어갈 수 있는 매장이었을 때부터 패밀리하트는 손님이 자유롭게 쓸 수 있는 열린 화장실을 설계[7]했다.

패밀리하트는 이 나라 사람들과 함께하려는 편의점이라

고 늘 생각해왔다. 너무 앞서가지도 않고 너무 뒤처지지도 않으면서, 지금의 일본을 보여주는 것은 패밀리하트라고 생각한다.

음, 역시 나는 패밀리하트를 사랑한다.

1 철수했을 때

1998년, 이토츄 상사가 세이유 스토어로부터 패밀리하트 주식의 약 30퍼센트를 취득하고 최대 주주가 되었다.

2 본사에 분통

다른 매장과 교류하는 것조차 본사는 싫어했다. 작당하고 본사에 반항할까 싶어 경계하는 모습이 확 느껴졌다. 당시에는 가맹점을 노예화하려는 건 아닌지, 진심으로 우려했다.

3 다른 편의점 체인을 흡수 합병

2010년 am/pm을 흡수 합병했다. 그후 am/pm 매장이 패밀리하트 매장으로 전환되거나 폐쇄되었다.

4 가맹점 상담 창구

우리 가맹점 창구는 기본적으로 SV다. SV 위에 지역 매니저, 그리고 본사가 있다. 본사에 직접 연락하는 일은 거의 없다. 어느 날, 본사가 보낸 '긴급 전화 안내표'(사무실 전화 옆 벽에 붙이도록 되어 있다)를 보고 우연히 '가맹점 상담 창구'가 있다는 걸 알았다. 내가 아는 범위에서 옛날에는 이런 창구는 없었다. 이전에 질 나쁜 SV가 가게에 들어오자마자 알바생들에게 "너희들, 시끄럽게 떠들지 마!" 하고 소리를 질렀을 때에도 지역 매니저에게 보고해 해결했다. 최근 몇 년 사이에 신설된 '상담 창구' 역시 가맹점을 소중히 하려는 패밀리하트의 자세에서 나온 것이리라.

5 전시회

그해의 방침에 대한 발표나 신기종과 신상품, 진열 방법을 각 부스로 나누어 전시하고 설명한다. 관동 지방에서는 도쿄 빅사이트에서 1년에 2번 개최한다. 신상품 시식 코너도 있어 아르바이트하는 사람들은 물론이고 그 아이들까지 참가할 수 있어 아들이 어렸을 땐 기꺼이 참가했던 즐거운 이벤트이기도 하다.

6 실제로 실행에 옮겼다

예를 들어 선반을 서랍식으로 바꿔 새로 도착한 상품을 안에 넣을 때, 진열된 상품을 일단 다 치우고 다시 채우는 작업을 하지 않게 되었다. 머리 색은 자유화되었고, 접객 용어는 간소화되었다. 또한 계산할 때 마지막에 눌러야 했던 '고객층 버튼'(이 버튼으로 본사가 고객 데이터를 파악함)도 없어졌다.

7 열린 화장실을 설계

60대, 빡빡머리, 미니스커트, 하이힐을 신은 남자 단골이 있다. 그(그녀?)는 물건을 사기 전에 종종 여자화장실에 들어간다. 어느 날, 익명의 여자 손님으로부터 전화가 걸려왔다. "왜 그런 사람한테 여자 화장실을 쓰게 해요? 못 쓰게 주의하세요." 남편은 "저희가 강제할 수 있는 문제가 아닙니다. 곤란하시면 경찰에 의논해주십시오" 하고 대답했다.

에필로그

'숙제'에 대한 대답

"편의점을 경영[1]하면서 진심으로 좋았다고 느낀 에피소드를 써주었으면 한다."

편집자에게서 그런 메일을 받자 그때까지 순조롭게 키보드를 치던 내 손이 완전히 멈추고 말았다.

때마침 코로나 제7차 대유행으로 연일 알바생들에게서 "밀접접촉자라서 오늘 밤부터 당분간 아르바이트하지 못합니다", "검사해보니 역시 양성이었습니다. 당분간 일을 못합니다"라는 연락이 연달아 오는 통에 매일 근무표를 다시 짜고 머리를 싸매는 상태가 계속되었다.

요 몇 년 동안 아르바이트 관리를 부점장이었던 오가사와라 군에게 부탁했었다(그전 20년 동안은 내가 했다). 오가사와라 군이 그만두고 나서는 다시 내가 관리하고 있었다.

이전에는 한 사람 한 사람 전화를 걸었지만 지금은 LINE이라는 편리한 연락 수단이 있고 그룹에다 한꺼번에 연락할 수 있다. 제8차, 제9차 코로나 대유행으로 LINE을 볼 때마다 가슴이 벌렁거렸다. 코로나는 밤낮 가리지 않고 갑자기 찾아와 간신히 짜놓은 근무표에 구멍을 냈다.

언제, 누구에게서 연락이 올지 몰라 마치 스마트폰 의존증 환자처럼 두근거리는 가슴을 누르고 LINE을 확인하곤 했다.

1차 도시락 배달이 들어오기 직전인 심야 12시 반에 한 차례 확인하고 아무에게서 연락이 오지 않았다는 사실에 가슴을 쓸어내린 후 입고품 정리를 끝마치고 새벽 1시 반에 다시 핸드폰을 확인하면 어김없이 "열이 나서 아침 6시부터인 근무에 못 들어갈 것 같습니다" 같은 연락이 와 있었다.

이런 시간에 누구에게 연락해 대타를 구할 수 있을까. 그대로 내가 계속 일을 할 수밖에 없다. 이제 16시간 연속 근무가 확정된 것이다.

한편 남편은 18시간 동안 일한 적도 있다. 남편의 연속 근무일은 9년이 넘었고 나 역시 1057일에 돌입했다. 대체 언제까지 이게 계속될까. 코로나가 한창 유행하던 시절, 내 머릿속은 그만두고 싶다는 생각으로만 가득차 있었다.

좋았던 일이 떠오르지 않는 나로서는 편집자에게서 받은 '숙제'가 머릿속에서 떠나지 않았다. 계속 좋았던 일들을 생각하며 업무에 임하다보니 코로나로 힘겨운 상황에서도 매일 자그마한 좋은 일들을 찾아낼 수 있었다.

냉동편을 배달하는 운전사 아저씨[2]는 흰머리 섞인 품위 있는 신사인데 얼음과 중화 만두 상자를 내려놓을 때, 몹시 조심스럽게 움직인다. 소리를 내지 않으면서 상자를 줄 맞춰 내려놓고, 내가 검품 작업을 하기 쉽도록 반드시 바코드를 찍기 쉬운 위치에 놓아준다.

빵을 배달하는 운전사 아저씨는 40대 초반이고 씩씩하다. 들어올 때 기운에 넘치는 인사와 웃음이 참 멋있다. 그가 커다란 목소리로 인사하며 들어오면 아무리 바빠서 신경이 곤두서 있더라도 나도 활기차게 인사를 하고 기분이 편안해진다. 이런 일도 '좋은 일'일 것이다.

"요시노는 게으르고 겁도 많고 싫은 일이 있으면 바로

도망치려고만 하잖아. 부딪쳐서 넘어서려고 하진 않지."

어머니는 늘 그렇게 한탄하셨다.

그런 내가 지금은 이웃과 친구들에게 정말 부지런하다고, 정말 열심히 일한다고 칭찬을 듣는다. 집밖에 나가는 걸 싫어하고 낯을 가리고 은둔형 외톨이 계열에 속하는 내가 매일 사람들 앞에 나가 일을 할 수 있다. 실은 이것만 해도 '편의점을 경영하면서 좋았던 일'이 아닐까.

편의점을 경영하면서 진심으로 '좋았다'고 여겨지는 점.

오래도록 고민하다 마지막에 도달한 결론은 바로 이 책의 출간이다. 지금까지 30년 동안 겪은 수많은 고난이 이 책을 만들며 다 날아갔다.

책을 내기로 한 후, 주차장에 쓰레기를 버리는 사람에게 "쓰레기를 분리해서 버려주세요" 하고 말했더니 "손님한테 그게 무슨 말본새야, 무시하냐?" 하는 폭언을 듣거나, 기침을 하면서 오뎅 뚜껑을 연 사람에게 "(오뎅 뚜껑은) 마스크를 끼고 열어주세요" 하고 부탁했더니 손에 든 신문을 계산대에 탁 내리치면서 "이런 데서 두 번 다시 물건 안 산다!"라며 호통을 들어도(이 사건들은 다 이 책을 간행하기로 하고 한 달 이내에 벌어진 일들이다), '쓸 거리가 하나 더[3] 생겼네' 하고 넘어갈 수 있게 되었다.

우리 부모님은 대학 아동문학 동아리에서 만나 결혼했다. 30세에 요절한 아버지는 문학가가 꿈이었다. 어머니는 아버지가 돌아가신 후에도 지역 아동문학 연구회에 소속되어 작품 활동을 계속했다. 언젠가 작품집을 내고 싶다고 바라셨지만 40대 중반에 세상을 떠났다.

책을 내는 건 우리 부모님의 소망이기도 했다. 그런데 그런 것과는 아주 동떨어진 곳에서 '장사'를 하던 내가 그 소망을 실현하다니. 이건 뭐랄까. 이보다 더 '좋은 일'이 앞으로 생길 일은 결코 없을 것이다.

니시나 요시노

1 편의점을 경영
적절히 몸을 움직이고 머리를 풀가동시킨다. 매일 많은 사람과 만나고 끊임없이 웃으며 손님을 맞이한다. 편의점 일이 치매 예방에 좋다는 건 확실하다. 원하는 요일, 원하는 시간에 원하는 만큼만 일하는 아르바이트면 이 일은 참 좋다. 하지만 '경영'은 아주 다른 문제다.

2 운전사 아저씨
도시락 1차, 2차, 3차 배달, 상온편, 빵편, 냉동편…… 하루에 몇 명이나 운전사분이 가게에 물건을 배달하러 온다. 샌드위치, 삼각김밥, 음료를 사 가시는 분도 많다. 여기저기 매장에 상품을 배달하는 터라 어디서든 살 수 있을 텐데도 일부러 우리 가게에서 사주신다고 생각하면 감사하고 기쁘다.

3 쓸 거리가 하나 더
이걸 써버리면 어느 매장인지 확실하게 알아낼 수 있어서 쓰지 못하는 이야기도 여러 개 있다. 우리 가게뿐만 아니라 편의점에서는 날마다 이런저런 문제가 일어난다. 평소 여러분이 다니는 편의점의 뒷모습도 분명 그럴 것이다.

편의점 30년째

초판 발행 2024년 3월 25일

지은이 니시나 요시노
옮긴이 김미형
펴낸이 김정순
책임 편집 김유라
편집 배주영 허영수
디자인 이강효
마케팅 이보민 양혜림 손아영

펴낸곳 (주)엘리
출판등록 2019년 12월 16일 (제2019-000325호)
주소 04043 서울특별시 마포구 양화로 12길 16-9(서교동 북앤빌딩)

✉ ellelit.book@gmail.com
ellelit2020
전화 02 3144 3123
팩스 02 3144 3121

ISBN 979-11-91247-47-3 03830